LA VENGEANCE DU WOMBAT

Kenneth Cook (1929-1987) est un écrivain australien. À l'âge de trente-deux ans, il a publié *Cinq matins de trop* (*Wake in Fright*), qui est considéré comme un classique du roman noir dans son pays et a été adapté au cinéma en 1971, sous le titre *Outback*. Ses nouvelles – *Le Koala tueur*, *La Vengeance du wombat* –, écrites dans une veine plus humoristique, ont connu un large succès.

Paru dans Le Livre de Poche :

CINQ MATINS DE TROP

LE KOALA TUEUR
et autres histoires du bush

KENNETH COOK

La Vengeance du wombat

et autres histoires du bush

TRADUIT DE L'ANGLAIS (AUSTRALIE) PAR MIREILLE VIGNOL

AUTREMENT

Titre original :
WOMBAT REVENGE

ISBN : 978-2-253-16179-0 – 1re publication LGF

*Pour Jacqueline Kent, dont
le doigté et la perspicacité
ont joué un rôle plus important
qu'un auteur n'aime l'admettre.*

La vengeance du wombat

Un paisible cimetière chinois borde la route de Tumut à Jindabyne, dans une région aurifère au pied des monts enneigés du sud de la Nouvelle-Galles du Sud. Les chercheurs d'or chinois y ont enseveli leurs morts il y a plus d'un siècle, et aujourd'hui seules des tombes bancales et rongées subsistent, surmontant les vieux ossements de ces Asiatiques oubliés. Au clair de lune comme à l'aurore, l'endroit est serein, charmant, parfait pour le repos et la méditation.

Ne vous en approchez jamais.

Il est truffé de wombats redoutables.

J'aimais beaucoup les wombats, avant. À première vue, ces aimables créatures ressemblent à des oursons, se baladent tranquillement la nuit et mastiquent innocemment des racines. La vérité est tout autre.

Je connaissais et appréciais le cimetière hanté par les wombats depuis des années avant d'être confronté à cette vérité.

Je campais souvent parmi les énormes trous qui marquent l'entrée de leurs terriers et les voyais émerger la nuit pour vaquer à leurs occupations soi-disant inoffensives.

Perdu dans la contemplation nocturne du cimetière, on se surprend toujours à imaginer les wombats en communion avec les anciens morts, voire à examiner leurs crânes pour y glaner une certaine sagesse.

Attaché au cimetière comme je l'étais, je le décrivis à un ami qui gérait un parc animalier de faune australienne sur les rives de l'Hawkesbury, près de Sydney.

— Alors comme ça, c'est plein de wombats ? me demanda mon copain, un petit barbu au sens pratique très développé qui répondait au nom d'Alan Roberts.

— À mon avis, des centaines.

— Tu veux pas aller y faire un tour et m'en ramener un ?

— Je te demande pardon ?

— Veux-tu aller y faire un tour et m'en ramener un ? Je te donnerai un peu de fric, proposa Alan, qui n'y allait jamais par quatre chemins.

— Mais t'as déjà plein de wombats, lui fis-je remarquer.

— Toutes des femelles. J'ai vraiment besoin d'un mâle pour qu'elles se reproduisent.

— Je n'ai jamais capturé de wombat. Je ne saurais pas comment m'y prendre.

— C'est simple comme bonjour, s'empressa de répondre Alan. Je peux t'apprendre en cinq minutes. Allez, je sais que t'es fauché.

C'était exact. J'étais fauché. Comme d'habitude. Mais j'ai une âme.

J'ai plongé ma solide charpente dans le grand fauteuil douillet, j'ai siroté le verre d'excellent whisky qu'Alan n'arrêtait pas de remplir, j'ai tiré une grosse bouffée sur mon cigare et j'ai répondu :

— Alan, ce cimetière est un endroit unique. Les wombats s'y sont installés il y a près d'un siècle et ils se le sont approprié. Je me vois mal en enlever un de force pour qu'il se reproduise, sans un brin de romantisme, entre les grilles austères de ton zoo.

— Le wombat est un chaud lapin qui adore vivre en captivité, objecta Alan. (Je trouvai étrange de l'entendre comparer un wombat à un lapin.) Il n'est pas encore né le mâle wombat qui te reprochera de l'enfermer avec un groupe de femelles en chaleur et de la graille à volonté. Il te sera reconnaissant jusqu'à la fin de ses jours.

— Je suis désolé, Alan. Je suis sûr que t'as raison, mais tu vois, arracher un wombat à cet endroit presque sacré, pour moi, ça frise la profanation. (J'avais bu beaucoup de whisky.)

— Je te filerai deux cents dollars.

— D'accord, dis-je en finissant mon verre d'un trait.

Le lendemain, Alan m'expliqua comment attraper un wombat. C'est vraiment tout ce qu'il y a de plus simple : il suffit de s'armer d'un grand filet circulaire et de le lui jeter dessus.

— Mais comment je m'approche d'un wombat ?

— Facile, répondit Alan. Tu te places entre l'animal et son terrier. Dès qu'il te repère, il passe à côté de toi et essaie de regagner sa tanière. Tu lui jettes le filet dessus avant qu'il y arrive.

— Bon, d'accord, admettons que j'ai mon wombat dans le filet. Comment je fais, après ?

Alan sortit alors une seringue hypodermique.

— Tu lui fais une piqûre dans l'arrière-train. Il tournera tout de suite de l'œil, roupillera tranquillement pendant une demi-heure, puis il se réveillera frais comme une rose. À ce moment-là, tu l'auras placé dans la caisse que je vais te donner et tu seras déjà sur la route du retour.

— T'es sûr que le wombat ne sera pas malheureux ?

— Après cinq minutes dans l'enclos, il se vautrera comme un seul homme sur les racines et les femelles, avec un enthousiasme effréné et le sourire jusqu'aux oreilles.

— Bon, dans ce cas, je ferais mieux d'y aller. Je fais le trajet dans l'après-midi, j'attrape le wombat ce soir et je te le ramène demain matin.

— Vérifie bien que c'est un mâle, me dit Alan. J'ai déjà assez de femelles comme ça.

— Soit, je te ramènerai un mâle, lui déclamai-je d'un ton pompeux, même si le terme « gentleman wombat » me paraît plus approprié.

— Il te reste beaucoup à apprendre, me dit étrangement Alan.

Je roulai vers les Alpes du Sud avec mon chien George, car il tombe en pleine décrépitude émotionnelle chaque fois que je le laisse plus d'une demi-heure. George, énorme berger allemand d'aspect féroce mais impeccablement dressé, souffre d'une illusion tenace : il se prend pour un être humain. Il n'apprécie aucun autre animal. Il ne lui viendrait pas plus à l'esprit qu'à moi de se battre avec un autre chien ou de poursuivre un chat. Quand il se fait attaquer par l'un ou l'autre, ce qui est loin d'être rare, il se contente de l'écraser d'un coup de sa patte droite, puis de s'en aller. En général, les chats et chiens giflés par l'énorme patte droite de George finissent à moitié assommés. Il est très puissant. Si je suis menacé par qui ou quoi que ce soit, il adopte une posture d'une férocité extrême et mes adversaires ont tôt fait de disparaître. La vision de George en colère dissuaderait un éléphant enragé, mais autant que je sache, il n'a jamais mordu une créature vivante. Il n'en a jamais ressenti la nécessité.

George et moi arrivâmes au cimetière chinois peu avant le coucher du soleil. Je ne pris pas la peine de monter la tente : je comptais repartir dès que j'aurais attrapé mon wombat.

Comme Alan me l'avait indiqué, je plaçai la caisse au milieu des entrées de tunnel pour pouvoir aisément la porter près du wombat anesthésié. Puis je remontai la pente avec mon filet et ma seringue hypodermique.

George m'accompagna en gardant son poste habituel, à un mètre de mon genou gauche. J'étais sûr qu'il n'aboierait pas et qu'il n'aurait aucun comportement inconvenant susceptible d'effaroucher les wombats. Ce n'était pas son genre. Nous sommes allés nous asseoir ensemble sur la pente au-dessus du cimetière, assez près pour voir les marsupiaux quand ils sortiraient.

Je tuai la demi-heure suivante en m'entraînant au fonctionnement de la seringue – j'avais quelques aiguilles de rechange et un flacon de tranquillisant – et m'assurai de la simplicité de l'opération, même si je n'avais jamais manipulé un tel outil avant. Il suffisait de le planter dans un derrière de wombat et d'appuyer sur le piston.

À l'ouest, le ciel poussa à leur paroxysme plutôt surfait les couleurs des nuages caractéristiques des couchers de soleil en montagne. Puis le soleil disparut à l'horizon et le cimetière fut baigné par un radieux clair de lune.

Le premier wombat en quête de petit-déjeuner sortit alors et descendit tranquillement la colline en reniflant, en grognant et en fouissant la terre de son groin. George et moi le suivîmes avec le filet et nous nous plaçâmes juste devant son terrier.

Je sifflai doucement et le wombat eut l'obligeance de tourner la tête puis de reprendre la route de sa tanière. Je lui jetai le filet dessus et, sitôt fait, la bête fut piégée et poussa des grognements irrités, mais sans opposer de résistance bien vigoureuse. J'avais capturé mon premier wombat. Tandis que George affichait une indifférence absolue pour l'espèce wombat, je me penchai, la seringue à la main, avant de marquer une pause. Autant vérifier le sexe de mon prisonnier. Avec les wombats, on ne peut pas se tromper. Il s'avéra que j'avais affaire à une dame wombat ; une femelle, comme aurait dit Alan.

Je soulevai le filet. Lentement, le wombat regagna son terrier en m'adressant un long regard plein de reproches.

George et moi repartîmes au sommet de la colline pour réfléchir. Je ne comptais pas passer la nuit à attraper des dames wombats. Alan m'avait expliqué qu'à l'âge adulte les mâles étaient beaucoup plus gros que les femelles. Mieux valait donc attendre que quelques wombats soient sortis, puis aller attraper le plus gros.

Rien ne se passa pendant une demi-heure environ. Mon premier raid avait vraisemblablement déclenché une espèce de système d'alarme dans la communauté. Mais soudain, ils sortirent tous en foule. Les formes noires et trapues des animaux se multiplièrent et poussèrent au clair de lune comme des champignons, avant de s'éloigner nonchalamment dans toutes les directions. Je repérai bientôt celui qui m'intéressait. Il – j'espérais qu'il s'agissait d'un « il » – semblait faire le double des autres et, même observé à une certaine distance, il se déplaçait avec une arrogance typiquement macho qui me garantissait sa virilité. J'attendis qu'il soit à environ une centaine de mètres de son terrier avant de me lancer à sa poursuite. Tandis que George et moi dévalions la colline, les quelques wombats sur notre passage se réfugièrent dans leurs terriers, mais ma future victime reniflait sans s'en préoccuper.

George et moi nous plaçâmes entre lui et son terrier et je refis le coup du léger sifflement. Notre wombat se retourna et se dirigea vers son terrier. Ainsi qu'une cinquantaine d'autres.

Wombats sur ma gauche, wombats sur ma droite : tous piétinaient et grognaient. Planté parmi eux au clair de lune, immense, le corps flasque et hardi, le filet dans une main, la seringue dans l'autre, j'attendais le wombat qui m'intéressait. L'idée que je risquais gros si tous ces wombats s'unissaient contre moi m'effleura l'esprit, mais elle s'en écarta aussitôt : j'avais affaire à un marsupial inoffensif et herbivore.

Mon wombat était le plus éloigné de son terrier et les autres avaient tous disparu quand il s'approcha assez près pour que je puisse l'atteindre avec le filet. C'était en effet un mâle massif. Il était presque aussi grand que George et beaucoup plus épais, avec une énorme tête noire et carrée, plus grosse que la mienne.

Avec l'aisance du geste entraîné, je lui lançai le filet sur le corps.

Il le déchiqueta en moins de deux secondes.

Déconcerté, la seringue à la main, je l'observais s'ébrouer pour se débarrasser des restes de filet : comment étais-je censé m'y prendre à partir de là ?

Je n'eus pas le temps de me décider. Le wombat s'approcha de moi en poussant un grognement meurtrier, avec la ferme intention d'anéantir tous les mythes sur le caractère inoffensif et herbivore des wombats. Je n'étais pas encore excessivement inquiet car j'avais George à mes côtés. Fidèle à ses habitudes, ce dernier poussa un grognement de gorge effarant, releva les babines pour montrer des crocs redoutables et blancs qui brillaient sous la lune, dressa la queue, hérissa le poil et se plaça entre moi et le wombat.

Comme je l'ai dit précédemment, un éléphant enragé aurait pris la fuite en couinant à la vue de George dans cette attitude. Mais un éléphant enragé n'est pas un wombat en pétard. Ce dernier s'approcha sans hésiter et resserra sa mâchoire sur la patte avant de George.

George, glapissant de douleur et de surprise, se mit à talocher le wombat à grands coups de patte droite.

Pour être juste, George ne s'était jamais battu auparavant. Il n'avait pas eu à le faire, la phase d'intimidation avait suffi. Mais je dois reconnaître que je l'ai tout de même trouvé un peu chiffe molle. Quand une bête sauvage enragée lui ronge la patte gauche, un chien sérieux devrait sans doute trouver mieux à faire que de lui asséner des coups de l'autre patte. Sans parler qu'une fois qu'il en aurait fini avec George, le wombat avait sans doute l'intention de s'en prendre à moi.

Mon chien abandonna l'idée d'assommer le marsupial et concentra ensuite ses efforts pour dégager sa patte. Un couinement aigu de détresse s'échappait de sa gueule ouverte, entre ses superbes crocs éclatants, des crocs, soit dit en passant, qu'il aurait mieux fait d'employer à égorger le maudit wombat avant qu'il ne m'attaque.

Je fus tenté de courir à la voiture et de m'y verrouiller en espérant que les wombats soient incapables de bouffer une portière.

Mais pour ça, j'aurais dû abandonner ce pauvre George à la merci improbable du wombat et j'avais assez de décence et de loyauté envers lui pour ne pas m'y résoudre – en tout cas, tant que la situation n'empirait pas et que ma précieuse chair n'était pas attaquée.

George et le wombat se lancèrent alors dans une étrange danse. Ils tournaient en rond : George tentait de se dégager et le wombat l'en empêchait. J'étais aussi proche que conscient de leurs deux postérieurs qui défilaient sous mes yeux. Celui de George tout d'abord, la queue entre les jambes, puis l'énorme derrière noir et dépourvu de queue du wombat.

« Fais-lui une piqûre de ça dans l'arrière-train, m'avait dit Alan, et il tournera tout de suite de l'œil. »

J'avais la seringue à la main et un postérieur de wombat s'offrait à moi toutes les deux secondes. Ça valait le coup d'essayer.

J'attendis quelques instants et, quand je fus sûr de mon timing, je me jetai subitement sur le wombat et lui plongeai l'aiguille en plein dans les fesses.

J'eus l'impression de faire une piqûre dans une planche d'eucalyptus de la variété « écorce de fer ».

L'aiguille se brisa. Je trébuchai et m'affalai sur le wombat, qui se débarrassa de moi en s'ébrouant avec mépris, puis me retrouvai sur le dos sous un ciel constellé d'étoiles amusées, tandis que le combat mortel entre chien et wombat se poursuivait légèrement à l'ouest de mon oreille gauche.

Je me remis rapidement sur pied, pris mes distances et réévaluai la situation. La patte gauche de George serait bientôt sectionnée à l'articulation si je n'intervenais pas et ce misérable cabot était manifestement incapable de prendre la moindre initiative.

J'avais des aiguilles de rechange, mais il était futile d'essayer d'injecter quoi que ce soit dans un postérieur de wombat. Je doutais fort qu'une chignole électrique ait pu lui percer le cuir. Mais je devais pouvoir cibler des parties plus tendres de son corps. Ne pourrais-je pas essayer de l'atteindre sous le cou ? Les hurlements pitoyables de George étaient devenus déchirants ; il fallait tenter quelque chose : n'importe quoi. Je fixai une nouvelle aiguille et préparai une dose tandis que George et le wombat continuaient leur numéro de derviches tourneurs. Puis je m'approchai et guettai l'occasion d'atteindre le dessous du cou du wombat. Elle ne se fit pas attendre et, avec une détermination et une résolution admirables, je me jetai sur le marsupial et enfonçai l'aiguille.

En plein dans l'épaule de George.

Qui tourna tout de suite de l'œil.

Le wombat resta accroché à la patte de George quelques instants, puis il lâcha prise et promena un regard perplexe autour de lui. C'était sans doute la première fois qu'il estourbissait un chien en lui mordant la patte.

Puis il secoua la tête et se dirigea droit sur moi, un éclat meurtrier dans les yeux.

Je pris mes jambes à mon cou et appelai à mon secours les humains les plus proches, tout en les sachant à une bonne dizaine de kilomètres de là.

Je dois préciser à ce stade que je suis légèrement en surpoids, que je n'ai jamais été très sportif et que, de plus, je n'étais pas dans une forme olympique. Pour tout dire, je suis un gros lard chronique et en moins de dix secondes, je sentis le souffle chaud du wombat contre mon cou. Mon imagination me jouait sans doute des tours, car le wombat n'était pas aussi grand que ça. Mais je n'ai certes pas imaginé les mâchoires de la bête quand elles se sont emparées de ma jambe en déchirant mon pantalon.

Je poussai un hurlement et me lançai dans un sprint, mais en vain. Mes poumons desséchés étaient à court d'air, mon cœur larguait les amarres et le sang me frappait si violemment la tête qu'il allait bientôt me sortir par les oreilles.

Puis, en cet éclat soudain de lucidité qui frappe les hommes sur le point de périr quand ils entrevoient leur ultime chance de survie, j'aperçus une issue. Juste devant moi se trouvait un énorme terrier de wombat, sur lequel vacillait une colossale stèle funéraire chinoise qui tenait à peine debout.

Les chances de réussite étaient minces, mais réelles. Par ailleurs, c'était la seule solution.

J'imposai un effort supplémentaire, forcené, à mon corps défaillant et croulant, gagnai quelques mètres sur le wombat, me jetai dans le trou les pieds les premiers, agrippai le rebord de la pierre tombale et la basculai au-dessus de moi.

Elle se posa sur la fosse comme une trappe.

Je sentis et entendis la tête du wombat se cogner contre la pierre ; le choc cloua la stèle encore plus fermement.

Puis un silence absolu s'abattit sur moi, brisé seulement par mon souffle rauque, le tout dans une obscurité totale.

Je ne sais pas combien de temps je suis resté ainsi avant de pouvoir respirer normalement, de sentir le sang arrêter de défier mes artères légèrement endurcies et de pouvoir enfin penser, mais ce fut long.

J'étais plongé dans le noir et le silence de la tombe. Je me trouvais dans une vieille fosse chinoise, la pierre tombale au-dessus de moi. Un féroce wombat mangeur d'hommes m'attendait à l'extérieur et, pour autant que je sache, un autre plus profondément à l'intérieur du terrier, qui commençait déjà à s'approcher de mes vulnérables petons, inadéquatement protégés par des bottes qui auraient fait l'effet de peau de saucisse aux yeux de ces bêtes.

Un peu plus tard, quand rien ne me rogna les pieds et que je compris que le tunnel bénéficiait d'une arrivée d'air de je ne sais où, je repris espoir. Après tout, je n'avais plus qu'à attendre l'aurore, quand tous les wombats seraient convenablement endormis. Si, comme je le soupçonnais, mon agresseur m'attendait dehors, prêt à fondre sur moi, selon les lois incontournables de la nature, il repartirait se coucher dans, disons, une dizaine d'heures.

Dix heures ! Je devais rester allongé dans une tombe pendant dix heures. Un homme pouvait-il se trouver dans pire situation ?

Oui, et j'étais cet homme, car presque immédiatement, j'entendis creuser. Rapidement, rythmiquement, franchement. On creusait autour de la pierre tombale qui bloquait le terrier.

Il n'y avait aucun autre bruit. Le silence de la tombe n'était rompu que par celui de la créature qui était fermement décidée à m'exhumer.

Le wombat allait bientôt m'avoir.

C'était un peu fort.

J'étais complètement impuissant. Mon instinct me conseillait de me tortiller un peu plus profondément dans le tunnel. Mais à quoi bon ? Une fois le wombat dans le terrier, il finirait par m'attraper. Par-dessus le marché, ce ne serait plus ma jambe sur laquelle se resserreraient ses mâchoires, mais ma tête.

Je restais figé, terrorisé, désespéré. Mais le besoin absolu d'action galvanise jusqu'au plus gros froussard et je décidai que dès que la pierre chuterait, je bondirais du trou et ferais de mon mieux pour étrangler ce maudit wombat.

La bête continuait à creuser avec acharnement, force, détermination, se rapprochant de plus en plus.

La galerie était large à l'entrée : dès que le wombat aurait dégagé la terre sur un côté, la pierre tombale s'effondrerait dans le terrier et l'animal me sauterait dessus.

Je m'éloignai de la pierre pour éviter d'être pris sous elle et réussis à me mettre sur le ventre, prêt à m'élancer le moment venu.

La pierre s'effondra.

Se dressant en contre-jour sur le ciel baigné de clair de lune, la forme d'un énorme animal noir boucha l'entrée et une haleine chaude et fétide me fouetta le visage.

Je bondis (traduisez : je me tortillai vers le haut jusqu'à ce que ma tête sorte) et attendis la mort.

George me donna un gros coup de langue sur la figure.

« Il dormira une demi-heure et se réveillera frais comme une rose », m'avait dit Alan à propos d'un wombat anesthésié. Et c'est ainsi que George, qui avait passé une demi-heure à dormir, s'était réveillé, « frais comme une rose ».

Je ne pense pas qu'on puisse mourir de soulagement, et pourtant je n'en fus pas loin.

Je rampai hors du terrier. Pas le moindre wombat en vue.

J'examinai la patte de George. La peau n'était pas déchirée. Les wombats ont les dents émoussées.

Après avoir échangé un long regard pensif au clair de lune, George et moi décidâmes que tout était dit : il n'y avait rien à ajouter.

Faut des tripes pour toucher des opales

Alors que je buvais tranquillement dans un pub de White Cliffs, un homme, le pistolet au ceinturon, entra et vida un sac d'opales magnifiques sur le comptoir.

— J'ai un permis pour mon arme et les opales sont réglo, annonça-t-il d'une voix forte et rude aux relents d'accent européen teinté des intonations nasales qui imprègnent le discours de tout un chacun à l'ouest du fleuve Darling, en Nouvelle-Galles du Sud.

White Cliffs est très loin à l'ouest du Darling, indéniablement du Mauvais Côté du fleuve, comme ils disent là-bas, et la vue d'un gros bonhomme qui entre dans un bar, le pistolet à la ceinture et des opales d'une valeur de plusieurs milliers de dollars à la main, n'a rien de particulièrement spectaculaire. Rien n'est particulièrement spectaculaire dans ce coin-là, car tout est extraordinaire. La plupart des gens vivent sous terre parce qu'il fait trop chaud pour vivre ailleurs et que rien ne présente le moindre intérêt dans la plaine désertique et torride, à part des milliers de taupinières creusées par les hommes pendant un siècle d'exploration frénétique, acharnée et incessante, en quête d'opales.

Quand on passe à White Cliffs, on va jeter un œil au plésiosaure, c'est-à-dire au squelette opalisé d'un dinosaure marin qui s'est fait défoncer la tête quand cette région formait une mer intérieure. Puis on retourne au bar.

Je suis blasé : j'ai rencontré tant d'excentriques dans le bush que je n'ai pas sourcillé quand les opales ont roulé sur le comptoir, que le cow-boy a enlevé le chapeau de sa tête chauve, frotté son énorme barbe grisonnante pour faire tomber la poussière blanche qui l'alourdissait et commandé une bière.

— Et une tournée générale, ajouta-t-il.

Les neuf ou dix autres hommes présents finirent automatiquement leur verre et s'approchèrent du bar. Sans être rares, les tournées gratuites ne sont jamais refusées à White Cliffs.

L'un des piliers de comptoir au verre vide était un type blond-roux d'une trentaine d'années, aux oreilles énormes et complètement décollées.

Il commanda une bière et dit en couvant le tas d'opales du regard :

— Je prospecte depuis cinq ans et j'ai jamais fait une telle trouvaille.

Le cow-boy tapota son grand nez crochu et piqueté.

— Faut savoir les renifler.

Le regard fixé sur les oreilles en feuilles de chou du rouquin, il ajouta :

— Évidemment, toi, t'as plus de chances de les entendre.

Le rouquin afficha un sourire amer. Il avait sans doute l'habitude des plaisanteries sur ses oreilles.

— Ouais, dit-il en descendant son verre d'un trait.

— Bois-en un autre, offrit le cow-boy.

— D'accord.

Le cow-boy se tourna vers moi. Je n'avais pas profité de son offre.

— Et toi, mon pote ? Qu'est-ce que tu prends ?

Je vidai mon verre avec empressement. Refuser un verre du Mauvais Côté du Darling est toujours dangereux. Refuser un verre d'un homme armé est carrément suicidaire.

— Une bière, merci.

Le cow-boy, le rouquin et moi-même formions un de ces groupes typiques de buveurs de l'Ouest. Nous étions venus seuls, c'était une raison suffisante pour boire ensemble.

— Depuis combien de temps tu prospectes ? demanda le rouquin pour alimenter la conversation.

— Cinq ans, dans le coin et aussi à Coober Pedy.

— Ça marche ?

Le cow-boy fit un geste vers les opales.

— J'en ramasse cette quantité à peu près tous les mois.

— Dieu de Dieu ! s'exclama le rouquin avec le plus grand respect. Tu dois être plein aux as.

Dieu de Dieu, pensai-je avec le plus grand respect, il doit avoir des millions. À moins, bien sûr, qu'il ne mente, ce que tout le monde fait, du Mauvais Côté du Darling.

— Non... Vite gagné, vite dépensé, répondit le cow-boy. Bois un autre coup.

J'essayai de payer une tournée, mais le cow-boy ne voulut rien entendre.

— C'est moi qui régale, aujourd'hui.

Je n'avais pas une folle envie de boire comme un trou à dix heures et demie du matin, mais je campais à quelques kilomètres de la ville, la température frôlait les quarante-huit degrés à l'ombre, j'avais vu le plésiosaure et il n'y avait pas d'autre refuge que le pub à White Cliffs. J'acceptai une autre bière gratuite.

— Punaise, dit le rouquin. Qu'est-ce que je donnerais pas pour un coup pareil.

Il observait tristement la pile d'opales. Les pierres étaient superbes ; de gros blocs bleu-noir transpercés de lueurs vertes.

— T'es ici depuis combien de temps, mon pote ? me demanda le cow-boy.

— Je suis arrivé hier, répondis-je en m'empressant d'ajouter : Je recherche des fossiles.

Je n'admets jamais être écrivain dans ces coins-là, sinon ils me soûlent tous avec les histoires assommantes de leurs vies, qu'ils m'autorisent à utiliser en échange d'un modeste pourcentage sur les droits d'auteur. La recherche de fossiles est une activité futile qui indique que vous n'êtes pas compétitif et ne valez pas le coup d'être dévalisé.

— Ah, dit le cow-boy.

— Ah, dit le rouquin.

Nous avons encore bu quelques verres, toujours offerts avec insistance par le cow-boy, et le rouquin redevint sentimental.

— Purée, qu'est-ce que je donnerais pas pour un coup pareil, dit-il en tendant le bras comme pour caresser les opales.

La main du cow-boy se posa sur son ceinturon ; le rouquin retira immédiatement la sienne.

— Tu sais, annonça le cow-boy en ne faisant aucun cas de l'incident, si tu veux réussir dans la course aux opales, il te faut des tripes.

Il tapotait la grosse bosse de son ventre comme si sa taille était une indication de son courage.

La main du rouquin se promena vaguement sur la partie convexe de sa propre charpente squelettique.

— C'est pas les tripes qui me manquent, réagit-il sur un ton défensif, mais les tripes servent à rien pour toucher des opales.

— Au contraire, faut des tripes pour toucher des opales, répondit le cow-boy.

Je reconnus l'ébauche des disputes débiles qui surviennent dans les pubs de l'Ouest sur le coup de midi, après les dix premières bières de la journée.

— Avoir des tripes ne m'a jamais ramené d'opales, maugréa le rouquin.

— C'est parce que t'as pas de tripes, grandes feuilles, lança le cow-boy d'un ton injurieux.

— Comment ? Qu'est-ce t'as dit ? renvoya le rouquin en se levant, le verre bien serré dans sa main droite.

Je m'attendais à le voir briser le verre sur le comptoir et enfoncer le tesson dans la gueule du cow-boy. Les querelles éclatent subitement dans l'Ouest, sans autre motif apparent que la bière. Je commençai à prendre mes distances. Mais le cow-boy n'affichait guère d'agressivité, comparée aux formes qu'elle peut prendre du Mauvais Côté du Darling.

— Tout ce que je veux dire, reprit-il d'une voix posée, c'est que je parie qu'y a des trucs que tu refuserais de faire pour la moitié de ce tas d'opales.

Il indiqua le précieux monticule étincelant sur le comptoir.

— Je ferais n'importe quoi pour la moitié de ça, répliqua le rouquin avec le plus grand sérieux, avant d'ajouter d'un ton pompeux : À condition que ça reste légal, bien sûr. Je suis pas malhonnête.

— Ça saute aux yeux, affirma le cow-boy pour l'apaiser. Maintenant écoute-moi. Je vais t'expliquer.

Il partagea la pile d'opales en deux tas à peu près égaux et en fit glisser une moitié sur le comptoir, vers le rouquin.

— Regarde ça, dit le cow-boy. Y en a pour un paquet de fric, tu crois pas ?

La langue du rouquin apparut entre ses lèvres minces et pâles.

— Si, souffla-t-il.

L'opale valait une centaine de milliers de dollars en l'état – plusieurs fois cette somme une fois les pierres taillées correctement.

— Et tu serais prêt à faire quoi pour l'obtenir ? En toute légalité, j'entends…

Le rouquin réfléchit un moment, les yeux rivés aux opales.

— N'importe quoi, finit-il par dire. N'importe quoi.

— Ah ouais ? demanda le cow-boy, d'un ton ironique.

— Ouais, confirma le rouquin, qui s'était mis à panteler, les yeux toujours fixés sur les pierres précieuses.

— Dans ce cas, voilà ce qu'on va faire. Tu m'autorises à tirer une balle, à une distance de dix pas, dans une de tes esgourdes de bouffon et la pile est à toi. J'ai droit à cinq essais.

Il avait exposé sa proposition – extraordinaire, même pour White Cliffs – assez fort pour que tout le bar l'entende.

— Hein ? fit le rouquin.

— Tu m'as entendu : tu m'autorises à tirer une balle, à une distance de dix pas, dans une de tes oreilles et je te donne cette pile d'opales. J'ai droit à cinq essais.

Le regard perplexe du rouquin glissa du cowboy aux opales, puis revint au cow-boy.

— Pour de vrai ?

— Pour de vrai. T'as assez de tripes ?

— Et si tu rates ?

— Tu gardes les opales.

— Et si tu rates dans l'autre sens ? Si tu me touches la tête ?

— Dans ce cas, tu seras sérieusement blessé, mais tu garderas les opales. Cela dit, je rate jamais mon coup.

Le rouquin se donna quelques instants de réflexion.

— Mais je serai peut-être mort.

Le cow-boy se fendit d'un sourire de dérision.

— Ça, ça fait partie des risques. T'as dit que t'étais prêt à tout, à condition que ce soit légal, pour empocher ces opales. Il n'est pas illégal de se faire tirer dessus. (Le cow-boy attendit en se délectant de l'humiliation du rouquin.) Mais comme j'ai dit, faut des tripes pour toucher des opales.

Le rouquin resta longtemps planté, silencieux, le regard oscillant toujours des opales au cow-boy.

— Tu tires vraiment bien ? finit-il par demander.

Le cow-boy se tourna vers les consommateurs, tout à fait attentifs à présent, qui s'étaient rassemblés autour de nous.

— Il demande si je tire bien. Qu'est-ce que vous en dites, les gars ?

Des bouilles chenues, ridées, calcinées, pâles, innocentes et barbouillées de poussière grise ouvrirent leur clapet, presque à l'unisson.

— Pour sûr, mon pote, il rate jamais son coup.

— Vas-y, rouquin – c'est un as de la gâchette.

— Vas-y, mon gars. T'en fais pas, tout ira bien.

Le rouquin promena un long regard pensif sur tous les clients du bar, moi y compris. J'agitai vigoureusement la tête de droite à gauche.

— N'y pense pas, mon pote, lui dis-je.

Ce qui eut sans doute un effet déterminant dans le processus de décision du rouquin. Le conseil d'un chercheur de fossiles fraîchement débarqué ne pouvait qu'être mauvais.

— Et tu jures que tu me donneras les opales ? vérifia-t-il auprès du cow-boy.

— Je donne ma parole devant tous ces mecs, s'engagea ce dernier.

— D'accord, sortons et finissons-en.

Il se dirigea droit vers la porte. C'en était trop pour moi.

— Hé ! hurlai-je. Ça suffit maintenant ! Quelqu'un va se faire tuer !

On ne m'accorda pas la moindre attention. Le cow-boy vissa son chapeau sur sa tête et suivit le rouquin à l'extérieur ; le reste du bar leur emboîta joyeusement le pas.

— Tu surveilles mes opales, mon pote, lança le cow-boy au barman sans en faire plus de cas.

— Attendez ! criai-je. Faut qu'on appelle la police.

Tout le monde se figea sur place, se retourna et me dévisagea. L'atmosphère était chargée de pitié et de répugnance. Je me dégonflai. Sans un mot, car je n'en valais pas la peine, ils sortirent tous au soleil. La police ne fait pas partie du quotidien dans ce genre de coin.

Je les suivis, me disant que je pourrais au moins porter les premiers secours si le rouquin ne se faisait pas descendre du premier coup.

Derrière le pub, on pouvait tirer des balles en direction de l'ouest sans craindre de toucher qui que ce soit sur un millier de kilomètres.

Le rouquin se campa solennellement dans le sable du désert, son corps rabougri projetant une ombre si nette sous le plein soleil que l'on voyait la silhouette de ses énormes esgourdes.

Le cow-boy se plaça devant lui et enleva le pistolet de sa ceinture. C'était une de ces armes au long canon et à la crosse carrée qu'affectionnent particulièrement les agents de la Gestapo dans les films.

— Tu te souviens de notre marché, dit-il. J'ai droit à cinq tirs sur tes oreilles.

— C'est entendu, répondit le rouquin, qui avait les yeux bien fermés. Et après je récupère les opales, même si tu rates.

Je n'arrivais toujours pas à croire que ce marché de fous allait effectivement se dérouler.

Le cow-boy recula cérémonieusement de dix pas. Des petits pas : il n'était à guère plus de cinq mètres du rouquin quand il s'arrêta.

Nous nous postâmes tous, moi comme les autres, derrière le cow-boy.

— Je me sers d'un pistolet à un coup, expliqua le cow-boy en brandissant l'arme noire funeste. Il est prêt, mais je dois recharger après chaque tir.

« Écoute-moi bien, maintenant, Dumbo, brailla-t-il, tu dois respecter notre accord. Si tu bouges ou si t'essaies d'esquiver, notre marché vaut plus rien. D'accord ?

— D'accord, dit le rouquin sans ouvrir les yeux.

— D'accord, les gars ? demanda le cow-boy à l'assemblée.

Tout le monde marmonna, baragouina ou grogna son assentiment.

Le cow-boy poussa un bitoniau qui servait vraisemblablement à armer le pistolet, puis il leva lentement celui-ci au-dessus de sa tête, le bras tendu. Puis, tout aussi lentement, il le descendit jusqu'à ce qu'il semble braqué en plein sur le rouquin.

— Je vais essayer d'atteindre l'oreille gauche, dit le cow-boy.

Le rouquin acquiesça lentement.

— Reste tranquille. Je vais tirer.

La cible était raide comme un piquet.

Dix secondes abominables s'écoulèrent, le cow-boy braquant son arme sur le rouquin, sans bouger. Dix autres secondes. Puis dix autres. Quand cet énergumène allait-il faire feu ?

Le son de la détonation fut cruellement mince dans ce désert sans bornes.

Le rouquin porta involontairement la main à son oreille gauche. Elle était indemne.

— Raté, dit le cow-boy. Bouge pas, je vais réessayer.

Il prit tout son temps pour extraire une cartouche de sa poche et la glisser dans la culasse.

Le rouquin ouvrit brièvement les yeux, comprit la situation et les referma.

Le cow-boy répéta le même manège, si ce n'est qu'il annonça :

— Je vais loger une balle dans ton oreille droite.

Le rouquin ne bougea pas.

Le cow-boy leva à nouveau le bras et le baissa lentement jusqu'à ce qu'il soit au niveau de l'oreille.

Une autre pause. Dix, vingt, trente secondes. Essayez de compter lentement jusqu'à trente et voyez combien de temps ça vous prend. Ça représentait une éternité pour le rouquin.

Puis on a entendu la sale déflagration sans que la cible n'ait de marque sur l'oreille droite.

— Je suis pas en grande forme aujourd'hui, commenta le cow-boy en passant, tandis qu'il rechargeait son arme.

Le rouquin restait planté, les yeux clos, les mains agrippées à ses côtes. Il voulait vraiment ces opales.

Pour la troisième fois, le cow-boy procéda à son rituel : il visa l'oreille gauche, mais attendit presque une minute avant de tirer. Le suspense était atroce. Même les mineurs de White Cliffs étaient tendus, et je vous garantis qu'il en faut pour les inquiéter. J'étais au bord de la crise de nerfs.

Enfin, la détonation suivante annonça la mort, une oreille percée ou un autre coup manqué.

Ce fut encore un coup manqué.

— Bougre de bougre, s'écria gaiement le cow-boy. Je suis vraiment pas en forme aujourd'hui. Si je continue comme ça, t'auras de la chance de pas prendre un pruneau entre les deux yeux.

Quelques hommes ricanèrent.

— Bon, je vais m'appliquer cette fois et on va bien voir ce que ça donne. Oreille gauche, mon pote.

Et le cow-boy recommença, mais il attendit deux minutes entières avant de tirer. Deux minutes insoutenables sous ce soleil torride, avec ce pistolet braqué sur le rouquin. Le silence était absolu. On aurait dit que personne ne respirait. J'en étais incapable, quant à moi.

Le coup de feu claqua. Le rouquin s'effondra dans le sable du désert.

Les mineurs émirent un bruit, mi-soupir, mi-rugissement. Le cow-boy se permit d'éclater de rire. Je me précipitai et retournai le rouquin sur le dos. Comment porte-t-on secours à un homme qui a une balle entre les deux yeux ?

Mais il n'y avait pas de balle entre ses yeux, ni ailleurs sur son visage. Ni dans son oreille. Il était indemne. Qui plus est, il respirait.

Il ouvrit bientôt les yeux.

— C'est fini ? murmura-t-il.

Le cow-boy se pencha sur lui.

— Eh oui, mon pote, c'est fini. T'as bougé. Tu t'es évanoui. Y a plus de marché.

— Tu veux dire que j'ai pas gagné les opales ? demanda le rouquin tristement.

— Non, mon pote, t'as pas respecté ta part du marché. Mais c'est pas grave, allez, viens, je te paie à boire.

Ils rentrèrent tous dans le bar tandis que j'aidais le rouquin à se relever. Il jeta un regard furieux sur le dos rebondi du cow-boy.

— Salopard ! hurla-t-il. T'aurais pu me tuer.

Le gros se retourna, le pistolet toujours à la main.

— Bien sûr que non, mon pote.

Il braqua le canon sur sa poitrine et pressa la détente. Un craquement se fit entendre et une petite brûlure de poudre noire se dessina sur sa chemise.

— J'utilise toujours des balles à blanc pour ce petit tour, mon pote. J'ai pas encore rencontré un gars qui puisse tenir cinq coups. J'allais quand même pas me servir de vraies munitions. Je suis pas fou !

Je me suis souvent demandé si le cow-boy aurait vraiment donné les opales au rouquin s'il était resté tranquille jusqu'au cinquième coup.

L'astronaute à collerette

J'ai rencontré le vieux Bill alors que je campais près d'Innamincka, au bout de la piste de Strzelecki, tout en haut de l'Australie-Méridionale. Le vieux Bill était un *myall*, c'est-à-dire un Aborigène sauvage, qui vivait selon la coutume nomade. Sa hutte – ou *gunyah* –, ses deux ou trois femmes, ses quelques enfants et une demi-douzaine de chiens étaient installés sur les rives du ruisseau de Cooper, à peu près à l'endroit où ces abrutis de Burke et Wills[1] avaient réussi à mourir, en dépit des efforts déployés par les Aborigènes pour assurer leur survie.

Le vieux Bill est venu me rendre visite un soir, accompagné de son fils aîné, le jeune Bill. Ils étaient tous deux Aborigènes de race pure. Vous ne pouvez pas imaginer le nombre d'Aborigènes de race pure qui s'appellent Bill de nos jours. Le vieux Bill était un homme bien enveloppé d'une

1. Robert O'Hara Burke et William John Wills, célèbres explorateurs qui périrent en 1861 lors d'une expédition à l'intérieur des terres. Toutes les notes sont de la traductrice.

cinquantaine d'années, aux cheveux blancs, avec cette barbe grise de cinq jours que tant d'Aborigènes affectionnent. Le jeune Bill était un superbe garçon mince aux yeux brillants d'intelligence. Il ne portait qu'un short en jean et un gros lézard à collerette perché sur l'épaule qui m'adressait des sifflements diaboliques. Je pris immédiatement mes distances avec le vil reptile archaïque, car, bien que ces lézards aient la réputation d'être inoffensifs, j'ai déjà eu l'occasion de constater que, en ce qui me concerne, les représentants les plus honorables de la faune australienne peuvent être à l'origine des plus graves ennuis[1].

Le vieux Bill et le jeune Bill se sont accroupis auprès de mon feu de camp, comme le font souvent les hommes dans cette région, et nous avons taillé le bout de gras. Le ruisseau de Cooper était en crue et grouillait de poissons et de gibier à plumes, contrairement au spectacle minable de succession de trous d'eau fétides qu'il offre habituellement.

Notre conversation tournait essentiellement autour de la meilleure façon de cuisiner le canard sauvage. Le vieux Bill était un partisan convaincu de la méthode qui consiste à ne pas plumer ni vider l'oiseau avant la cuisson.

— Il suffit de le couvrir de glaise. Les plumes tombent quand tu casses la glaise et les entrailles ne forment plus qu'une boule dure.

---

1. Voir, du même auteur, *Le Koala tueur*, Paris, Autrement, 2009 ; Le Livre de Poche n° 32068.

Contrairement aux racontars folkloriques, les Aborigènes australiens nomades s'expriment très bien en anglais. La prononciation est gutturale, mais leur anglais, sans être leur langue maternelle, est excellent. Ils l'ont appris principalement à l'aide des transistors qu'ils emportent partout avec eux.

Comme tous les vrais broussards blancs, ma technique de préparation du canard se résume à demander au maître d'hôtel qu'il soit bien cuit et que la sauce à l'orange ne soit pas trop sucrée. Je réussis toutefois à sauver la face en partageant avec le vieux Bill une recette de buffle en provenance de terre d'Arnhem qui consiste à tartiner les steaks de fourmis blanches écrasées avant de les faire cuire. L'alcool dans les fourmis prend feu, ce qui donne une espèce de buffle flambé.

— Ça a l'air infect, s'exclama le vieux Bill qui n'avait jamais goûté de buffle parce qu'il n'y en a aucun dans le Sud.

(C'est infect, certes, mais si l'on doit manger du buffle sauvage, il faut tout tenter pour en masquer le goût.)

Et nous continuâmes à bavarder en alimentant le feu tandis que je buvais du whisky. Le vieux Bill avait décliné mon offre en disant qu'il n'aimait pas « l'effet qu'avait la bibine sur les jeunes ».

Le jeune Bill nous écoutait en silence et caressait de temps en temps le lézard sur son épaule. La collerette rabattue, le reptile ressemblait moins à la reine Élisabeth Ire en train de condamner un pauvre bougre à l'échafaud qu'à un moine médiéval qui s'amuse à empoisonner les gens. Je ne suis pas un amateur de reptiles, quoique je les admire, et je me tenais prudemment de l'autre côté du feu.

Vers onze heures, alors que le vieux Bill prenait congé, le jeune Bill parla pour la première fois.

— Demain je lance une fusée, m'annonça-t-il d'une voix étonnamment grave, qui ressemblait à celle de son père. Ça te dirait de venir regarder ?

Je souris, peut-être avec un brin de condescendance, et me déclarai enchanté : où et quand ?

Le jeune Bill me décrivit clairement un méandre du ruisseau, que je connaissais déjà, et m'annonça le lancement pour le coucher du soleil, « quand il n'y aura pas de vent ».

— Ça devrait être très intéressant, lui dis-je. Tu peux compter sur moi.

— Tu pourrais pas venir m'aider à la préparation ? me demanda le jeune Bill. Mon vieux est un peu inquiet.

Instinctivement, mon nez flaira le danger, ce qui était absurde. Un gamin de treize ans qui lance une fusée équivaut forcément à la mise à feu d'un de ces appareils sur bâtonnet qu'on trouve dans le commerce et qu'on utilise pour célébrer l'anniversaire de la reine.

— Bien sûr que si, on rigolera bien, lui dis-je.

Je fais toujours les mêmes erreurs.

— Tant mieux, ça m'évitera d'y aller, s'enthousiasma le vieux Bill en ajoutant pour son fils : Si tout se passe bien, ramène-le au camp après, casser la croûte.

L'éventualité que je ne sois *pas* en mesure d'aller casser la croûte au camp si quelque chose ne se passait pas bien était évidente. Mais que pouvais-je faire ? Par ailleurs, sur le coup, j'étais préoccupé par les conséquences de l'invitation à dîner de Bill. La cuisine aborigène est atroce, presque aussi mauvaise que la cuisine suédoise.

Le lendemain, au crépuscule, je me rendis néanmoins au lieu dit dans le méandre. Le jeune Bill m'attendait, le lézard sur ses épaules nues, les dents blanches étincelantes de bonheur, les jambes noires dansant sur place de plaisir anticipé.

Un engin extraordinaire se dressait à côté de lui. Un amas de tuyaux raccordés les uns aux autres s'élevait à près de deux mètres du sol. Il était constitué de trois sections. La section du bas avait l'épaisseur d'une main. La suivante, cimentée à la première avec de la boue, était un peu plus étroite. Sur la troisième, un peu plus large que la première, reposait un couvercle en forme de champignon fait de boue ou de glaise. Les deux premières sections semblaient provenir de pots d'échappement de voitures. La section supérieure était en faïence et avait probablement appartenu à un système d'égout.

Le tout était tenu par un triangle de branches dénudées. La tour de tuyauterie était suspendue à un demi-mètre du sol et tenait grâce à une espèce de ficelle attachée au triangle.

Sous la tour, un tas d'écorces, de feuilles et de brindilles était prêt à être allumé.

Une grosse bûche était placée à côté. En montant dessus, le garçon pouvait facilement atteindre le haut de l'appareil. Ce qui était étudié pour, comme je m'en aperçus un peu plus tard.

— Eh bien, ça a l'air intéressant, dis-je. Qu'est-ce que c'est ?

Le jeune Bill m'adressa un regard indulgent.

— Je te l'ai bien dit, c'est une fusée.

— Une fusée ?

— Oui. Tu ne sais pas ce que c'est ?

— Si, si, plus ou moins. Mais je n'en avais encore jamais vu de ce type.

Je me sentais soulagé. J'avais manifestement affaire à un jeune primitif qui avait bricolé la réplique d'une fusée vue dans une bande dessinée.

— Ne t'arrête pas à l'aspect improvisé. En fait, le fonctionnement ne devrait pas être altéré si le triangle prend la bonne trajectoire. C'est bien ça mon plus gros problème : réussir à aligner les branches pour maintenir le nez et la base à angle droit.

— Hein ?

— J'ai dit « Ne t'arrête pas à l'aspect improvisé »…

— Oui, oui, l'interrompis-je. J'ai compris, mais où as-tu appris tous ces trucs ?

— L'émission scientifique de l'ABC[1], les cassettes de « L'école des ondes ». C'est très simple.

---

1. L'Australian Broadcasting Corporation est un groupe audiovisuel public qui propose, entre autres, des programmes d'éducation à distance retransmis à la radio : « L'école des ondes ».

Une longue pause me permit de digérer ce que je venais d'entendre. Une terreur sans nom s'échappa de mes orteils et grimpa vers ma poitrine ; j'entrepris donc de la nommer.

— Jeune Bill, cette fusée peut-elle fonctionner ?

— Évidemment. Enfin, je pense. C'est ce qu'on va pas tarder à savoir.

— Jeune Bill, cette fusée va partir où, d'après toi ?

Il inclina la tête et me regarda pensivement.

— Sans en être trop sûr, je devrais pouvoir la lancer à vingt ou trente kilomètres de haut. Avec un peu de chance, la capsule entrera en semi-orbite.

— Semi-orbite ?

— Oui. Je vise le Japon.

— Le Japon ?

— Ouais, ils adorent les lézards à collerette là-bas.

— Hein ?

— J'ai dit…

— Oui, oui, jeune Bill, j'ai entendu, excuse-moi.

Je m'assis dans l'herbe et regardai autour de moi. Cygnes, pélicans et canards flottaient sereinement sur le large flot brun-vert. Les grands eucalyptus rouges, au moins centenaires, écartaient leurs branches dans des poses ostentatoires. Les libellules fusaient en tous sens et les hirondelles poursuivaient leur chasse interminable aux insectes invisibles en de longues boucles périlleuses.

Tout était normal, sauf ce jeune Aborigène éveillé et intelligent avec sa machine infernale.

— Jeune Bill, dis-je gravement, comment cette machine marche-t-elle ?

— Eh bien, répondit-il avec autorité, la base est remplie de poudre à canon classique. (Il tapota le tuyau inférieur.) La deuxième section est remplie de cordite. (Il tapota la seconde section.) La partie supérieure est un mélange de poudre à canon et de cordite sur lequel j'ai posé un pain de plastic.

Il m'observait attentivement, comme s'il n'était pas sûr que j'arrive à suivre. Je suivais. Ce qui me donnait une furieuse envie de prendre mes jambes à mon cou.

— Et c'est tout ? lui demandai-je. Je veux dire, qu'est-ce que le lézard à collerette vient faire dans cette affaire ?

Le garçon leva la main droite et caressa le reptile, qui hérissa sa crête et se mit à siffler. J'aurais eu la même réaction à sa place.

— On va placer le lézard dans la partie supérieure de la section du haut. Quand elle sera éjectée par le plastic, elle devrait entrer en semi-orbite. Si mes calculs sont bons, elle devrait se poser près de Tokyo.

Je dévisageai ce jeune Aborigène affreusement suréduqué.

— Et après, jeune Bill ?

Il m'adressa un sourire complaisant.

— Je t'ai déjà expliqué : les Japonais adorent les lézards à collerette et moi je peux en trouver des milliers. Si j'arrive à les envoyer comme ça, imagine un peu les commandes que je vais recevoir ! Pas de soucis de douane, pas de mise en quarantaine, pas de taxe – y a de l'avenir là-dedans, mon pote. J'envoie une note avec le lézard pour expliquer aux gens comment les commander, en passant par le bazar d'Innamincka.

Je connaissais le propriétaire du bazar d'Innamincka et, si l'on faisait abstraction de son habitude de poser son avion dans la seule rue de la ville, il était parfaitement normal. J'étais convaincu qu'il n'avait rien à voir dans cette combine.

— Tu vois pas qu'il y a une fortune à se faire ? me demanda le jeune Bill, les épaules frétillant d'exaltation.

— Très bien, dis-je en me levant. Bon, c'est tout à fait passionnant. Fascinant. Mais voilà, il faut que j'y aille. Alors à tout à l'heure, on se retrouve au camp de ton père.

Le minois plein d'attente et de joie se renferma et les lèvres pleines firent une légère moue.

— Hé, t'as dit que tu m'aiderais !

— Sans blague ?

— Bien sûr que oui. T'as même dit qu'on rigolerait bien.

Il avait raison, évidemment. J'essayai de trouver les mots adéquats pour lui expliquer que j'avais été pris au dépourvu. Je n'avais pas prévu d'assister au lancement d'une fusée à la Heath Robinson[1] bourrée de poudre à canon, de cordite et de plastic. Je

1. Dessinateur britannique célèbre pour ses machines aussi infernales qu'absurdes.

ne soupçonnais pas non plus qu'un lézard à collerette serait envoyé au Japon dans la capsule.

J'étais dépassé par les événements, mais bloqué par un racisme à l'envers. Si j'avais eu affaire à un jeune Blanc, je lui aurais sans doute donné une calotte et je serais parti en courant. Mais le jeune Bill appartenait à une race que mon peuple assujettissait depuis plus de deux cents ans. Le fait qu'il soit à peu près dix fois plus intelligent que moi n'avait rien à voir là-dedans. Des générations de culpabilité accumulée me clouaient sur place, à l'opposé de tout ce que me disaient mes instincts et mon résidu de bon sens.

— Qu'est-ce que tu veux que je fasse ? demandai-je, impuissant.

Le visage du jeune s'éclaira immédiatement.

— Tu comprends ce qui va se passer ?

— Pas exactement, mais je suis sûr que ça va être douloureux.

— Hein ?

— Laisse tomber. Non, en fait, je ne comprends pas très bien.

— Bon, dit le jeune Bill. Alors écoute ça. On allume le feu sous la fusée et on attend que la poudre prenne. Ensuite, on enferme le lézard dans la capsule. Puis on s'écarte. La poudre de la section inférieure devrait l'expulser à vingt ou trente kilomètres. C'est alors que le mélange de cordite et de poudre s'allume et la projette dans la stratosphère. Le plastic explose ensuite et la capsule continue de monter et amène le lézard au Japon.

J'observai le visage noir et concentré. Il était tout à fait sérieux.

— Jeune Bill, lui dis-je, tu ne penses pas que c'est un peu cruel pour le lézard à collerette ?

Il me regarda dignement et dit :

— Le lézard est mon totem.

Quand les jeunes Aborigènes commencent à parler de leurs totems, vous êtes refaits.

— Il ne peut rien arriver à mon animal totem, je m'en suis assuré.

— Parfait, dis-je en cédant. Je ferai ce que tu veux.

— Bien, me répondit-il. Alors allume le feu et assure-toi qu'il brûle bien pendant que je place le lézard dans la capsule.

— Tu veux pas plutôt allumer le feu, puis placer le lézard pendant que je surveille votre passionnante affaire à un ou deux kilomètres d'ici ?

Le jeune Bill m'adressa un regard plein de pitié.

— Tu comprends vraiment pas, hein ?

— Non, répondis-je en toute franchise.

— Alors écoute : je ne sais pas combien de temps il faut avant que le feu allume la poudre. Si je fais ce que tu dis, je serai obligé de laisser mon lézard là-haut, sous le feu, indéfiniment. Tu veux faire griller mon lézard ?

Le sort du lézard ne m'aurait guère intéressé s'il n'avait été le totem du jeune Noir à qui j'avais affaire. En tout état de cause, les implications sociales et spirituelles prenaient le dessus.

— D'accord, jeune Bill. J'accepte.

— Bon, s'empressa-t-il de dire. Quand t'allumeras le feu, la poudre prendra tout doucement. Dès qu'elle prend, je fourre le lézard dans la capsule et on part en courant.

— En courant ?

— En courant.

— Pourquoi ?

— Eh bien, annonça-t-il avec le plus grand sérieux, on ne sait jamais ce qui peut mal fonctionner, même dans un environnement contrôlé.

Tremblant et priant, je sortis une boîte d'allumettes et m'agenouillai à côté du tas de bois. Je frottai une allumette et tendis la petite flamme vers les brindilles.

Le feu prit rapidement, la poudre s'enflamma et se mit à siffler. Le jeune Bill enveloppa le pauvre lézard dans une espèce de chiffon, le ficela, le coinça dans la partie supérieure de la fusée et ferma le couvercle d'un coup sec. Il dut se percher sur la bûche préparée à cet effet pour y parvenir.

Puis une puissante explosion souffla tout le bataclan.

Je fus renversé sur le dos et traîné sur plusieurs mètres, le jeune Bill subit le même sort et atterrit, comme il se doit, en plein sur mon ventre dépourvu de muscles.

J'étais allongé, étourdi, sous les flammes et la fumée qui se dissipaient peu à peu. Loin au-dessus de moi quelque chose descendait lentement en flottant – une forme étrange, préhistorique, noire sur le bleu doré étincelant du ciel plein de poussière.

C'était un lézard à collerette en parachute. À une cinquantaine de mètres, un lézard à collerette attaché à un mouchoir de poche par un harnais en ficelle descendait tranquillement vers nous.

— Merde, dit Bill, j'ai raté le mélange.

Le lézard atterrit à nos pieds. Le mouchoir s'abattit sur son corps. Il le rejeta et sortit la tête et le cou, déploya sa collerette et poussa des sifflements indignés. Le jeune Bill le débarrassa et le remit sur son épaule.

Je suis allé dîner avec les deux Bill, les épouses, les enfants et les chiens. Le lézard, quoique toujours perché sur l'épaule du jeune Bill, faisait la tête. Le dîner était exécrable, mais je m'y attendais.

Puis j'ai quitté Innamincka. Je ne pense pas y retourner un jour, mais comme je me trompe toujours sur tout…

N'essayez jamais d'aider un kangourou

N'essayez jamais d'aider un kangourou. Cette créature ingrate est susceptible de récompenser votre gentillesse par une violence inattendue.

Je le sais, car ça m'est arrivé il y a quelques années en essayant de secourir un kangourou dans les Flinders Ranges, en Australie du Sud.

Je roulais tranquillement dans les collines quand un grand roux rebondit sur la route devant moi. Il était énorme, même pour un grand roux. Il faisait dans les deux mètres de haut et sautait sur la voie, juste devant moi, à gauche. J'ai l'habitude des kangourous sur la route et je savais exactement ce que celui-là allait faire. Il continuerait à bondir sur ma gauche jusqu'à ce que j'essaie de le doubler. Il se suiciderait alors en virant brusquement sur la droite et en percutant ma voiture[1]. Je n'ai jamais compris ce comportement marsupial, mais ça ne rate jamais.

Mais je suis plus rusé qu'un kangourou. J'accélérai, fis semblant de le doubler, puis freinai brutale-

1. Rappelons que la conduite est à gauche, en Australie.

ment. L'animal, croyant à tort que j'allais lui rentrer dedans, zigzagua sur la route devant moi.

Je continuai, et le kangourou, privé de la mise en scène de sa mort, bondit sur la droite et tenta de sauter par-dessus une clôture de fils de fer.

Le taux d'échec des kangourous au saut de clôture est très élevé. Ils effectuent un bond déterminé à leur approche, s'élèvent gracieusement dans les airs, se prennent habituellement les pattes arrière dans le haut de la clôture et tombent la tête la première. Ils se relèvent ensuite, l'air idiot, et s'en vont en clopinant.

Ce kangourou-là suivit cette méthode à la lettre. Avec la grâce exquise typique du kangourou il accéléra à l'approche de la clôture et fit un énorme bond qui aurait dû lui permettre de passer par-dessus un immeuble de deux étages. Il rata son coup. Ses pattes arrière se prirent dans le fil du haut de la clôture et il tomba sur la tête.

Il fallait s'y attendre, mais ce kangourou-là était particulièrement incompétent. Dans sa chute en avant ses pattes arrière s'emmêlèrent dans le deuxième fil. Sous son poids, ce fil remonta encore plus haut que le fil du haut. Dès que le kangourou toucha le sol, le deuxième fil s'accrocha au premier et l'animal se retrouva les pieds fermement liés, si fermement liés qu'il n'aurait jamais été capable de se libérer sans l'aide d'un pigeon humain.

Je suis le pigeon humain par excellence. J'arrêtai la voiture et m'approchai du kangourou, qui avait l'air franchement ridicule avec les jambes en l'air et la tête posée de côté sur la terre dure et rouge.

C'était ce qu'on appelle un *boomer* – un vieux mâle de l'espèce des grands roux. Dans l'Ouest, ils qualifient toute puanteur de « véritable *boomer* », car l'odeur du *boomer* évoque un mélange de chat mort, de chien mort et de poisson extrêmement mort.

Avec quelques haut-le-cœur, je me plaçai près du kangourou pour réfléchir au problème. Il n'y avait qu'une façon de soulager la pression sur le fil de fer : soulever le kangourou. Comme il pesait environ une tonne, c'était manifestement impossible. Il fallait donc couper le fil. Je ne transportais pas de coupe-boulon dans ma voiture.

Le kangourou me fixait d'un regard totalement inexpressif. Les kangourous, comme les moutons, ont une gamme très restreinte d'expressions.

Il poussait de temps en temps un grognement fort, profond, et vraisemblablement menaçant. Mais avec la gueule par terre, sa grosse croupe en l'air, sa queue pendouillant sur un côté et ses énormes pattes griffues solidement piégées par le fil de fer, cet animal ne représentait aucune menace, même pour un homme comme moi, particulièrement sensible aux menaces.

Je réfléchissais. Le kangourou continuait à grogner et à puer.

Je songeai à aller chercher de l'aide à Arkaroola, mais ça m'aurait pris une heure ou deux. Il faisait très chaud. Le kangourou serait peut-être mort au bout de deux heures. J'avais une carabine .303 dans la voiture ; une balle suffirait sans doute à couper le fil. J'allai la chercher et la chargeai. Gardez à l'esprit que je n'avais encore jamais vu de kangourou de si près. Aujourd'hui, dans les mêmes circonstances, je poursuivrais ma route à vive allure sans demander mon reste.

Au lieu de ça, je plaçai prudemment la gueule du canon contre le fil de fer du haut et appuyai sur la gâchette. La balle trancha le fil : les pattes, la croupe et la queue du kangourou s'effondrèrent.

Je m'attendais à ce qu'il se relève et s'en aille en bondissant gaiement, mais ce ne fut pas le cas. Il restait couché sur le côté, grognait et puait. Ses pattes ne semblaient pas blessées.

— Allez, mon vieux, lui dis-je énergiquement. Debout, ouste ! Allez, allez.

Le kangourou grogna et pua.

Je me penchai et lui donnai une petite bourrade dans les côtes.

Il poussa un grognement sinistre, se releva et me passa ses bras, ou ses pattes avant, bref, ce qu'ont les kangourous à cet endroit… autour du cou.

Un observateur non averti aurait pu croire à un geste de gratitude affectueuse. Loin de là.

J'avais déjà vu un kangourou jouer ce tour à un chien. Poursuivi jusqu'à l'épuisement par un chien de chasse, le kangourou s'adosse à un arbre. Quand le chien s'approche pour l'achever, le marsupial le prend dans ses bras et ne le lâche plus. Il passe ensuite une de ses pattes arrière sous le ventre du chien et l'éviscère avec ses énormes griffes.

J'avais vu un berger allemand pratiquement coupé en deux en un seul coup de griffe de kangourou.

C'était manifestement le sort que me réservait ce kangourou-là. Je lançai un cri de protestation, mais il n'y prêta aucune attention. J'essayai de me libérer, mais ses pattes étaient solidement verrouillées autour de mon cou. Le kangourou devait être encore un peu étourdi, car il mettait du temps à m'éviscérer.

Faisant preuve d'un esprit d'initiative rare chez moi, je décidai d'adopter la tactique du koala. J'en ai déjà parlé dans un autre récit[1]. Quand il est attaqué, le koala se colle au bas-ventre de son agresseur. Ce dernier, habituellement un dingo, ne peut donc ni mordre ni griffer aucun organe vulnérable du koala. Si nécessaire, un koala peut rester accroché ainsi jusqu'à la mort du dingo.

Fort de cette connaissance des choses du bush, j'enlaçai le cou du kangourou et serrai mes jambes autour de son corps.

Le kangourou grogna.

Je restai collé à lui, follement accroché, en me demandant ce que j'allais faire par la suite.

Une fois ou deux, le kangourou tenta faiblement de passer une patte arrière sous mon ventre, mais c'était impossible. Il ne parvint qu'à meurtrir mes fesses avantageuses à coups de cuisse.

1. Voir « Le koala tueur », *Le Koala tueur, op. cit.*

La situation était loin d'être dramatique, elle se limitait au grotesque. Je me retrouvais, moi, un homme corpulent, d'âge moyen, les bras et les jambes serrées autour du plus gros et plus puant de tous les vieux kangourous des monts Flinders. Toute personne passant par là s'en serait étonnée. Mais personne ne passe par là, ou très rarement.

Comment me sortir de ce mauvais pas ? Si je lâchais, le kangourou me donnerait au moins un coup de ses griffes arrière. À cette pensée, mes amples intestins frémirent dans leur fragile cage de chair flasque. D'un autre côté, je pouvais difficilement enlacer indéfiniment cette bestiole infernale. Les koalas ne voient peut-être aucun problème à s'agripper aux dingos jusqu'à mort de dingo, mais j'étais certain que le kangourou avait un instinct de survie bien plus développé que le mien.

Mon fusil était à quelques mètres de moi, de l'autre côté de la clôture : impossible de l'atteindre.

Je plantai mon regard dans les yeux vides du kangourou et il me renvoya un regard inexpressif.

Puis il sauta.

Je suis probablement le seul écrivain d'Australie à avoir sauté, agrippé au ventre d'un grand roux. Ce fut une expérience extraordinaire. Je sentais chaque muscle du corps de l'animal se tendre et se contracter tandis que ses pattes arrière s'enfonçaient comme des ressorts puis se détendaient violemment.

Le kangourou fit un bond de deux mètres, et moi avec.

Puis il recommença. Encore et encore.

Cet abruti s'enfuyait avec moi.

On raisonne de travers quand on est accroché au ventre d'un kangourou bondissant sur les crêtes des Flinders. Je n'avais pas la moindre idée de ce que je devais faire.

Je me limitai donc à m'accrocher et à hurler de peur.

Le kangourou poursuivit son parcours sautillant dans la nature, portant avec lui mes cent kilos de chair misérable et effrayée, sans le moindre effort apparent.

C'était étonnamment confortable. Il n'y avait pas de secousse quand le kangourou se posait, je ne sentais qu'une simple convulsion rythmique de ses muscles tandis qu'il bondissait en avant, s'envolait, touchait terre et rebondissait.

Nous avancions dangereusement vite ; l'œil fixé au-dessus de l'épaule du kangourou, je voyais ma voiture diminuer dans le lointain.

Je me dis que j'allais devoir lâcher et que le kangourou m'éventrerait sans doute sur place. En attendant, je ne pouvais rien faire d'autre que m'accrocher et espérer que quelque chose se passe. Je ne voyais vraiment pas quoi.

Cela dura une dizaine de minutes. Cet étrange mouvement précipité me donna mal au cœur. J'avais le mal de mer, la puanteur du *boomer* m'empestait les narines et j'étais dans une situation aussi absurde qu'effrayante. Aucune solution en vue, j'étais loin d'être un homme heureux.

Puis le kangourou s'arrêta net.

J'ouvris une paire d'yeux angoissés et me vis suspendu au bord d'un précipice d'une dizaine de mètres.

Le kangourou s'était arrêté car il ne pouvait pas aller plus loin sans décider de se jeter – et moi avec lui – dans le vide.

J'étais certain que c'était exactement ce qu'il envisageait de faire à ce moment-là, perché comme il l'était, son air imbécile encore moins expressif qu'avant, ses orteils au bord de la falaise et moi pendouillant par conséquent dans le vide.

Tout cela était un peu trop pour un homme qui n'avait eu d'autre ambition que de secourir un animal en difficulté.

Je regardai le précipice. La profondeur n'était pas vertigineuse, mais dix mètres représentent une dure chute pour un homme dans ma condition physique.

J'aperçus cependant, à quelques mètres, un épais fourré de lantaniers.

Je suis la seule personne au monde à connaître la capacité de concentration de l'esprit lorsqu'on se retrouve pendu au-dessus d'un précipice de dix mètres dans les bras d'un kangourou homicide.

Il me fallait inciter le kangourou à se déplacer le long de la falaise jusqu'à ce que j'arrive au-dessus des lantaniers. Je ne qualifierais pas de désirable une chute de dix mètres dans un épais fourré, mais c'était infiniment préférable à ma situation du moment.

Le kangourou, quant à lui, semblait décidé à rester planté au bord du gouffre à tout prix, se demandant s'il était bien raisonnable de sauter sur les rochers juste au-dessous de lui.

Tout ce que je voulais, c'était qu'il se déplace de quelques mètres sur la droite pour que je puisse me libérer de son emprise et tomber dans un fourré de lantaniers relativement confortable.

Comment faire bouger un kangourou quand on est accroché à son ventre et qu'on pendouille au-dessus d'une falaise ? Il n'y avait aucun précédent. J'improvisai.

Son oreille gauche était la seule partie de son anatomie que je pouvais attaquer.

Cette oreille était si proche de mon visage qu'il me sembla que si je lui infligeais une douleur, le kangourou se déplacerait peut-être sur la droite.

Il n'y avait qu'une seule façon d'infliger une douleur à cette oreille gauche de kangourou. Je la mordis.

Mordre l'oreille poilue d'un kangourou vivant est un acte répugnant, mais l'effet est spectaculaire. Le kangourou poussa un grognement de douleur parfaitement éloquent et bondit, Dieu soit loué, sur la droite.

Ma vue trouble repéra le parterre de lantaniers en contrebas. Je dégageai mes bras du cou du kangourou, démêlai mes jambes de son corps, lui donnai un coup de pied dans le ventre, aussi fort que rancunier, et me propulsai dans l'espace.

Naturellement, je crus mourir, mais je préférai cela à l'agonie du suspense entre des griffes de kangourou.

En fin de compte, je plongeai dans les lantaniers sans conséquences fâcheuses, si ce n'est que mes vêtements furent arrachés de mon corps et que chaque centimètre carré de ma peau fut lacéré par les minuscules lamelles tranchantes qui servent à protéger les lantaniers des avalanches de gros bonshommes.

J'émergeai après une dizaine de minutes de lutte contre les lantaniers, exténué, saignant (un peu) et très en pétard contre les kangourous.

Perché au bord du précipice, celui que j'avais sauvé d'une mort abominable me fixait de son regard totalement inexpressif.

J'arpentai le pied de la falaise jusqu'à ce que je trouve un endroit facile à escalader.

Ma voiture n'était qu'à cinq cents mètres de là, et je n'eus aucun mal à la rejoindre avant de mourir d'insolation ou de soif.

Je ramassai ma carabine, jetai un regard au kangourou, et envisageai sérieusement de lui tirer dessus, dans un esprit de pure vengeance.

Il était toujours planté au bord de la falaise, impassible et inexpressif.

Je renonçai à mes idées de vengeance et repris la route. Cela dit, à l'avenir, vous n'êtes pas prêts de me voir secourir un kangourou.

Du Mauvais Côté

La vie est très étrange, du Mauvais Côté du fleuve Darling, dans l'ouest de la Nouvelle-Galles du Sud...

C'est le seul endroit où j'ai vu un homme se battre contre un cochon sauvage. Le combat n'aurait sans doute pas eu lieu si l'homme n'avait pas été soûl. Ce qui n'a rien d'exceptionnel, car l'abus d'alcool motive tout ce qui se passe du Mauvais Côté du Darling. Tout le monde s'y cuite, en permanence. Il n'y a aucune autre activité. Le Mauvais Côté est le côté ouest, qui est exclusivement constitué de pourpiers, de sable, de rocailles, de chaleur et de détresse – sauf en hiver, où il est exclusivement constitué de pourpiers, de sable, de rocailles, de froid et de détresse. Sauf aussi quand il pleut, ce qui arrive à peu près tous les dix ans. Il ne reste alors plus que l'eau et la détresse.

Quand je m'y suis rendu pour la dernière fois, de grandes inondations avaient transformé le Darling : il était passé de son état habituel de ruisseau crasseux où coule une mélasse puante d'un mètre de large à une étendue d'eau où coulait une mélasse puante de trois cents kilomètres de large. Puis l'eau s'était retirée, faisant du désert (qui est totalement atroce) et des zones semi-arides (qui sont simplement atroces) un énorme bourbier détrempé, véritable scène de dévastation parsemée de carcasses d'ovins et de bovins.

Chaque fois que ce phénomène se produit, des cochons sauvages surgissent de partout comme des puces noires. Les cochons sauvages d'Australie sont de drôles de créatures. Personne ne sait depuis combien de temps ils vivent sur le continent. Ils descendent sans doute des troupeaux des premiers colons, mais il arrive parfois qu'on tue un cochon affichant les caractéristiques de son cousin d'Asie du Sud-Est, ce qui indiquerait la présence de la race avant l'homme blanc. Un grand nombre d'animaux domestiqués égarés, de toutes tailles, formes et couleurs, les rejoignent. Mais après quelques générations, ils retrouvent tous leur nature de cochons noirs à dos rayé.

Ce sont des bêtes féroces, en particulier les gros sangliers noirs aux longues défenses courbes et reluisantes. Et rien ne peut transpercer leur couche protectrice de boue séchée, leur cuir dur comme le fer et leur épaisseur de graisse, sauf une balle de gros calibre, et encore pas toujours.

Les cochons mangent tout ce qui ressemble vaguement à de la matière organique ; ils se fichent complètement qu'elle soit vivante ou morte. Sur la route de Wilcannia à White Cliffs, ils s'ameutent autour des carcasses de bétail en décomposition.

Comme les cochons mangent n'importe quoi et adorent les charognes, ils véhiculent toutes les maladies imaginables – de la teigne à la tuberculose –, dont la plupart sont transmissibles à l'homme. Ce qui explique pourquoi les autorités sanitaires australiennes sont violemment opposées à la vente de viande de cochon sauvage pour la consommation humaine et qu'elles infligent des amendes élevées à tous ceux qui la pratiquent – quand elles parviennent à les attraper. Mais quand le colon australien moyen de l'outback voit l'occasion de gagner quelques dollars, il poursuit ses activités avec un mépris cavalier des amendes et des retombées sur la santé de quelques êtres humains.

La pratique habituelle, pour chasser les cochons sauvages, consiste à les rassembler à l'aide de chiens, à abattre le dos rayé noir qui se distingue des autres et à garder quelques semaines les autres bêtes blanches, marron ou grises dans des enclos. Nourries de viande de kangourou, elles deviennent rapidement grasses et molles, presque indiscernables des cochons domestiques. Puis elles sont transportées dans des foires, avec toutes leurs maladies, et, à moins qu'une infection fatale soit repérée lors d'un contrôle aléatoire à l'abattage, elles finissent par s'immiscer dans les appareils digestifs des Australiens.

Le métier de Les Murphy consistait à rassembler des cochons sauvages. Quand je l'ai rencontré, il était au bar d'un des pubs cafardeux de Wilcannia et sirotait une bière avec la concentration soutenue et le manque de joie absolu qui caractérisent le buveur de l'outback. Il faisait partie d'un groupe de six ou sept hommes qui affichaient la même expression vide, morne, sur des visages d'une propreté douteuse.

Les était un petit homme musclé, mal rasé sans pour autant aspirer au port de la barbe, avec de longs cheveux blond filasse et des oreilles exceptionnellement larges. Ses yeux réduits, rapprochés et d'un bleu très vif étaient bordés d'un rouge d'une intensité réservée d'ordinaire aux couchers de soleil des cartes postales. Sur un visage coloré par la fine couche de boue qui le recouvrait, ces orbites d'un rouge et bleu électriques produisaient un effet légèrement déroutant. En tout cas, elles m'ont dérouté quand il s'est tourné vers moi et m'a marmonné d'un ton brusque et désagréable :

— 'jour.

— 'jour, lui répondis-je dans la même langue.

— Qu'est-ce tu bois ?

— Un demi, merci, mon pote, m'empressai-je de répondre.

Je fus alors formellement présenté à Les et ses amis et me retrouvai au sein d'un groupe de buveurs de bière consommant à un rythme qui, à l'est du Darling, aurait plongé tout le monde dans le coma éthylique. Mais l'atmosphère du Mauvais Côté parvient à contrer les effets les plus apparents de l'alcool et je réussis à participer aux tournées pendant quelque temps.

La bière devait toutefois commencer à me faire de l'effet, la preuve en est que je trouvais mes nouveaux compagnons fort sympathiques.

Ils étaient affublés, dans l'ensemble, de noms étranges tels que Rebondi, Bedaine ou Macka, et ils trempaient tous dans l'engraissage et le trafic illicite de cochons sauvages.

L'histoire du gros sanglier noir et blanc qu'un certain Mick avait capturé une semaine plus tôt provoqua une dispute.

Mick mesurait près de deux mètres, portait une barbe épaisse et pesait sans doute dans les deux cent cinquante kilos.

— Je voulais lui couper les couilles, mais pas moyen de m'approcher de ce salaud, expliqua-t-il.

— À quoi bon ? demanda un autre. T'as qu'à lui mettre une balle dans la tête.

— Mon cul, ouais ! Ça me ferait mal, répondit Mick. Je peux tirer deux cents dollars de ce salopard si j'arrive à en faire du bacon.

— Ça m'étonnerait que t'en tires deux cents dollars, douta un autre. Faudrait qu'il soit gros comme un éléphant.

— Il l'est, se défendit Mick. Je jure qu'il pèse six cents livres et que j'ai jamais vu un gros bâtard dégueulasse aussi féroce. Je peux même pas entrer dans l'enclos, sans parler de les lui couper.

— Et pourquoi tu veux les lui couper ? l'interrogea un autre.

— Pour le ralentir. En ce moment, il arrête pas de charger d'un coin à l'autre de l'enclos pour essayer de se barrer. Il a déjà creusé une traînée qui lui arrive à la panse.

— Flanque-lui une balle dans la tête, suggéra un autre.

— Mon cul, ouais, dit Mick. Je vais lui foutre sa raclée et en faire du bacon, nom de Dieu.

Morose, il marqua une pause et descendit son verre de bière d'un trait en poussant un soupir mélancolique.

— À moins qu'il me chope le premier. Carrément… Ouais, je me demande si cette sale bête finira pas par m'avoir.

— Foutaises, commenta Les en vidant lui aussi son verre… C'est ta tournée !

Il dit ça en se tournant vers moi et je m'empressai de sortir mon fric tandis qu'il poursuivait, sans une pause :

— C'est juste que tu sais pas t'y prendre avec ces sales cochons.

Croyant qu'il s'adressait à moi, j'acquiesçai nerveusement, tandis que Mick répliquait :

— Foutaises mon cul, ouais ! J'ai jamais vu un cochon comme ça. Il a tué deux de mes meilleurs chiens. Deux coups de défenses, des trucs immenses, et ils se sont retrouvés les entrailles à l'air. J'ai dû les achever tous les deux.

Les émit un grognement dénué de toute compassion.

— Ça devait être de sacrés gros cons de chiens.

— C'étaient des sacrés bons chiens. C'étaient mes meilleurs.

— Eh ben le reste doit pas être beau à voir…, lança Les avec mépris, tandis que Mick buvait sa bière d'un air offensé.

Nous étions tous – moi y compris – bien bourrés à cette heure de la journée. La conversation avait pris un rythme plus lent et mesuré ; de longues pauses s'immisçaient entre les répliques.

— Il est pas encore né le cochon que je pourrais pas mater tout seul, et pas besoin de chiens non plus, ajouta Les avec arrogance.

— Foutaises ! lâcha Mick après une très longue pause.

— Que non, renvoya promptement Les.

— Que si, dit Mick.

— Que non, dit Les.

La conversation aurait pu se poursuivre tard dans la nuit dans la même veine stimulante, comme c'est souvent le cas du Mauvais Côté, mais le dénommé Rebondi brisa le flot.

— Écoutez, dit-il d'une voix pâteuse. Au lieu de jacasser jusqu'à plus soif, pourquoi vous vous décidez pas à relever ou à la fermer ?

La remarque me parut anodine, mais Les et Mick comprirent.

— Je relève, dit Les.

— Comment ?

— Je te parie que je peux couper les couilles de ton cochon sans l'aide de personne.

— Tu t'approcherais pas à moins d'un kilomètre de ce salopard si t'avais une once de bon sens.

— Je vais entrer dans l'enclos, lança Les comme un défi, et j'irai les lui couper.

— Sans fusil ? demanda Mick.

— Sans fusil.

— Ni chien ?

— Ni chien.

Rebondi réfléchit.

— T'auras besoin d'un couteau. À moins que tu comptes les lui arracher avec les dents ?

Ce qui provoqua le genre de rire qu'on entend dans les pubs du Mauvais Côté.

— J'ai juste besoin de corde pour le ligoter, puis je ferai ce que j'ai à faire.

— Ah ouais, tu vas ligoter ce cochon-là avec une corde ? demanda Mick, incrédule.

— Évidemment, renvoya Les avec complaisance. Il me faut une corde et un sac en toile.

— Un sac en toile ? Qu'est-ce que tu veux faire d'un sac en toile ?

— Tu verras, répondit Les, toujours aussi complaisant.

Mick vida son verre et le fit claquer sur le comptoir. Tous les regards se braquèrent vers moi, je compris donc que c'était à nouveau ma tournée. Nous buvions beaucoup de bière, très rapidement.

— Entendons-nous bien, articula péniblement Mick. Tu viens chez moi, tu entres dans l'enclos avec mon cochon et tu me le ligotes, sans l'aide de personne.

— C'est ça, confirma nonchalamment Les.

— T'es fou, observa Mick.

— Je suis prêt à parier.

Un silence plein d'attente suivit. On était arrivé au cœur du sujet.

— Combien ? demanda Mick.

— Cent dollars.

— Tenu ! s'exclama Mick. Quand ?

— Tout de suite, si t'as rien de prévu.

— Tout de suite ?

— Tout de suite.

Mick étudia la possibilité, puis hocha la tête.

— J'ai rien de prévu. Allons-y !

Nous vidâmes tous nos verres et sortîmes du pub comme un seul homme. Je suivis le mouvement sans réfléchir, pour faire comme les autres.

Le pick-up de Mick était garé devant le bar. Les et moi nous installâmes sur la banquette avant tandis que les autres s'entassaient à l'arrière.

C'était le milieu de l'après-midi et il faisait très chaud. Écrasé entre les deux hommes, je fus soudain très conscient de leur chair mal lavée.

Mick habitait une petite maison individuelle à une vingtaine de minutes de la ville, sur la route de Broken Hill. Il passa devant chez lui, un pavillon en bois plutôt mignon avec une véranda parée d'une jeune femme, d'un vieillard et de plusieurs enfants. Aucun d'entre eux ne nous prêta la moindre attention. À environ un kilomètre de la maison, nous nous arrêtâmes devant des parcs à clôture en bois.

La plupart des enclos contenaient une douzaine de porcs qui reniflaient comme le font les porcs, mais l'enclos le plus proche de nous renfermait un sanglier unique, une grosse bête à l'air furibond.

L'animal était énorme, aussi gros que les porcs domestiques enrubannés lors des prix agricoles, mais beaucoup plus vif. Il trottait tout autour de son enclos et avait effectivement creusé une traînée dans la terre. Il s'arrêtait de temps en temps et fonçait dans la clôture avec ses longues défenses recourbées en faisant voler des éclats de bois. Ses méchants petits yeux rouges ressemblaient un peu à ceux de Les, et de grosses coulées de bave blanche entouraient sa gueule et son groin. Une bête cauchemardesque.

— Putain, quel gros bougre, dit Rebondi.

Mick adressa un regard indulgent à Les.

— Je te laisse abandonner le pari pour cinquante dollars.

— Hors de question. Trouve-moi un peu de corde, un sac en toile et je te l'offre sur un plateau.

Quelqu'un fouilla dans le fatras à l'arrière du pick-up et en sortit une corde et un sac. Les prit la corde, s'appliqua à former un nœud coulant et fixa l'autre bout à un piquet de coin.

Il me semblait plus simple de ligoter le cochon en restant de l'autre côté de la clôture, mais du point de vue de Les, ce n'était naturellement pas l'objet de la manœuvre.

Avec la boucle du nœud dans la main gauche et le sac dans la droite, il escalada la barrière et entra dans l'enclos.

Le cochon n'en crut pas ses yeux. Il interrompit sa course et dévisagea Les. Ce dernier tendit le sac en toile entre ses mains, tout en gardant la boucle dans celle de gauche, et s'approcha du cochon, agitant le sac comme une cape de torero.

Le sanglier poussa deux grognements, baissa la tête et chargea. Je n'avais jamais vu un cochon se déplacer aussi vite : il parcourut les quelques mètres qui le séparaient de Les en un instant.

Il fonça en plein sur le sac en toile avec le terrible mouvement latéral des défenses qui rend ces bêtes si dangereuses.

Les s'écarta de derrière le sac juste avant que le cochon l'atteigne et le brandit en l'air. Le cochon le dépassa dans sa charge et percuta la clôture.

En une seconde, il s'était retourné et fonçait à nouveau sur Les, qui tendait le sac devant ses jambes. Le groin toucha le sac avant que Les ne le soulève et pivote hors d'atteinte. Il s'en tira avec l'aisance et la grâce d'un torero. Nous applaudissions et lancions des encouragements et j'entendis avec surprise un des spectateurs crier « Olé ! ».

Même Mick, qui allait perdre cent dollars, applaudissait avec enthousiasme.

Les répéta la performance plusieurs fois en prenant un plaisir évident à démontrer sa maîtrise de l'opération. Mais au sixième passage, la défense du cochon accrocha le sac et le lui arracha des mains.

Nous nous attendions tous à ce que Les saute hors de l'enclos, mais il resta planté à l'intérieur pendant que le cochon emboutissait la clôture et prenait un moment à se débarrasser du sac. Il se retourna, vit Les qui n'avait qu'un nœud à la main, couina sauvagement et fonça sur lui plus vite que jamais.

Les s'accroupit à moitié et, une fraction de seconde avant que le porc le heurte, il bondit en l'air.

Le verrat passa sous lui et rentra une nouvelle fois dans la barrière.

L'animal était coriace et furieux. Il continuait à charger, encore et encore, mais il n'avait pas la moindre chance de toucher Les. Les charges se ralentirent, la rage et la détermination de la bête s'estompèrent.

C'était le moment qu'attendait Les. À la vingtième charge, qui était presque languissante, il passa la boucle autour du cou de l'animal et effectua une série de nœuds compliqués pour lui brider les pattes.

Dès que la corde se tendit contre le piquet de coin, le cochon s'effondra, entravé dans les cordes, et, vaincu, se contenta de grogner et de panteler.

— Faites-moi passer un couteau, cria Les.

Avec un sourire piteux, Mick lui lança un couteau dans son étui. Les se pencha et châtra le sanglier d'un geste expert.

Son trophée à la main, il défila dans l'enclos, en affichant un énorme sourire de fierté, tandis que nous l'applaudissions tous à tout rompre.

— Y en a pour cent dollars, triompha Les.

Le cochon, qui avait dégagé ses pattes mais gardait la corde au cou, fusillait Les du regard.

— Bon, d'accord, vieille canaille, gueula Mick. Tu les as pas volés.

Et il tendit une liasse de billets au vainqueur.

Les prit l'argent, remercia et s'inclina en une belle révérence.

Le cochon choisit cet instant pour charger une nouvelle fois.

Personne ne s'en inquiéta : la corde était solide et impossible à briser.

Les était toujours penché en avant, le postérieur offert au cochon, quand l'animal atteignit le bout de la corde.

Le piquet de coin auquel il était attaché s'envola, emportant avec lui une dizaine de pieux brisés. Corde, piquet, clôture et cochon traversèrent l'enclos et les longues défenses recourbées s'enfoncèrent dans l'arrière des cuisses de Les.

Les s'effondra en hurlant tandis que le cochon se précipitait sur lui, forait, arrachait et couinait.

Nous sautâmes tous dans l'enclos pour donner des coups de pied et taper sur l'animal, mais il garda la tête baissée et continua de labourer le pauvre Les ensanglanté et tordu de douleur.

Quelqu'un finit par aller chercher un fusil dans le camion, tira à bout portant et fit sauter la moitié de la tête du cochon.

Les avait les jambes en bouillie et il n'y avait rien d'autre à faire que de l'installer dans le pick-up et de le conduire à Broken Hill, à deux heures de route.

Allongé à l'arrière du pick-up durant ce long voyage atroce, Les sanglotait et se tenait l'entrejambe et les cuisses tandis que nous faisions de notre mieux pour le stabiliser et amortir les secousses de la voiture en pleine course.

Il avait perdu connaissance quand il fut admis à l'hôpital de Broken Hill et transporté d'urgence sur un brancard.

Nous formions un groupe d'hommes fort silencieux sur la route du retour à Wilcannia. Je déclinai l'invitation naturelle des autres à les rejoindre au pub et me retirai dans mon campement.

Je passai encore une semaine à Wilcannia après cette histoire, mais je pris soin d'en éviter tous les pubs. Je croisai toutefois Mick dans la rue et lui demandai des nouvelles de Les.

— Ah oui, dit Mick, sa grande charpente agitée d'un rire loin d'être contrit. Il a gagné ses cent dollars, mais il a perdu autant que le cochon. Enfin, presque. Les est encore vivant, lui.

Il prit le temps de réfléchir avant de marmonner :

— Enfin, si on peut appeler ça vivre…

Puis il se dirigea vers le pub.

Oui, la vie est très étrange, du Mauvais Côté du fleuve Darling.

Le quokka tueur

Relativement peu de gens connaissent le quokka. Ils sont encore moins nombreux à en avoir vu un. C'est préférable. Il vaut mieux que le quokka reste dans l'ombre.

Permettez-moi toutefois d'expliquer, à l'intention de ceux qui risquent d'en croiser un, que le quokka est un wallaby de très petite taille, guère plus gros qu'un petit chat ou qu'un très gros rat. Il a une sale gueule hargneuse et de petits yeux brillants dépourvus de compassion. Comme tous les wallabies, il fait des bonds de kangourou et porte ses petits dans sa poche. Il est affublé d'une longue queue, qui ressemble à celle d'un rat.

L'image du rat revient systématiquement quand on essaie de décrire le quokka. Les Hollandais, qui furent les premiers Blancs à en voir, les ont pris pour des rats. C'est d'ailleurs pour cette raison qu'ils ont baptisé « Rottnest » (nid de rats) le charmant petit îlot de nature rocailleuse situé à une quinzaine de kilomètres de Fremantle, en Australie-Occidentale. L'île était infestée de quokkas et les Hollandais ont sagement gardé leurs distances. Puis les colons britanniques se sont aperçus que les quokkas n'étaient pas des rats, et ils ont fait de Rottnest une colonie pénitentiaire. Tout bagnard particulièrement impénitent était envoyé sur Rottnest avec les quokkas. Ce qui était considéré comme un sort si terrible que même les bagnards les plus endurcis et invétérés hurlaient : « Par pitié, ne m'envoyez pas chez les quokkas ! », et se repentaient sur l'instant quand on menaçait de les bannir sur Rottnest. C'est en tout cas la légende qui circule dans les pubs de Fremantle.

L'île de Rottnest est toujours infestée de quokkas, mais, caprice du destin, ils sont maintenant devenus une attraction touristique. Ils sautillent par centaines tout autour de l'île et d'innocents vacanciers non armés se promènent parmi eux.

Pour être honnête, il y a longtemps qu'un quokka n'a pas tué d'homme. Une centaine d'années environ. Et il le fit en lui transmettant la salmonellose. La salmonelle est une bactérie particulièrement violente habituellement associée à des résidus de nourriture en putréfaction. Elle peut tuer les humains, qui l'attrapent très facilement. Le petit musée de l'île de Rottnest expose l'histoire de l'homme victime de salmonellose transmise par quokka, tout en affirmant que c'est uniquement possible en ingurgitant leurs crottes. Ce qui donne à réfléchir.

De nos jours, le quokka est toutefois considéré par tous comme étant inoffensif, en raison de sa petite taille. Ce qui s'inscrit dans une longue série de grandes illusions qu'entretiennent les gens sur les marsupiaux d'Australie. Comme la plupart sont petits, les gens ne les croient pas dangereux. Quelle bévue !

Prenez les souris marsupiales. Peu de créatures sur terre sont plus minuscules. Comme elles ressemblent à d'adorables peluches avec de grandes oreilles, les gens les affectionnent beaucoup, mais ont-ils déjà songé à ce qui se passe quand ces bêtes deviennent un fléau et qu'elles se regroupent en milliers, voire millions, de spécimens ? J'ai dormi à la belle étoile, bien à l'ouest de la piste de Birdsville, et j'ai senti le désert vibrer sous les pas d'un million de petites pattes de souris marsupiales. J'ai cru qu'une horde redoutable m'attaquait. Mais c'est une autre histoire. Je tiens seulement à souligner ceci : « de petite taille » n'est pas synonyme d'inoffensif.

N'allez pas croire que les quokkas se déplacent en hordes. Non, ce sont des assassins solitaires. Peu de gens veulent l'admettre, mais moi, j'en suis certain. L'un d'eux a réellement tenté de me tuer. J'ai des cicatrices pour le prouver.

À l'époque, j'avais entrepris de parcourir en vélo toute la côte d'Australie-Occidentale. Je ne me souviens plus du tout pourquoi. Peu importe. Ma tentative commença au sud de Fremantle et s'acheva au nord de Fremantle : le vélo n'est pas le meilleur moyen de transport pour un écrivain d'âge moyen en mauvaise forme physique. Quoi qu'il en soit, c'est à cette époque que j'ai visité l'île de Rottnest et que je me suis embarqué avec ma bicyclette sur l'hydrofoil qui transporte les touristes. Je languissais de voir un quokka et, de nos jours, Rottnest est le seul endroit au monde où l'on est sûr d'en voir. C'est ainsi que de nombreux vacanciers candides se font berner sur l'île.

Plus candide que la moyenne, je sortis mon vélo de l'hydrofoil et me mis à pédaler dans Rottnest. C'est une très belle île avec une eau superbement limpide qui clapote sur les étonnantes formations rocheuses de son littoral et des espèces végétales presque uniques se sont adaptées dans une région habituellement aride.

Je porte dans un sac à dos mes rations de survie : deux bouteilles de rouge cru bourgeois, un peu de fromage, du saumon fumé, du pain et des pommes. Après avoir énergiquement pédalé quelques heures et m'être éloigné d'un ou deux kilomètres du port, j'arrivai au pied d'une colline assez impressionnante, descendis de vélo et le poussai, car je prends soin de ne pas abuser de mes ressources physiques limitées. Parvenu au sommet, sur une jolie petite butte avec vue sur la mer, je décidai qu'il était temps de me reposer et de casser la croûte.

Je descendis tranquillement une demi-bouteille de vin, avant de m'intéresser au pain et au fromage. J'avais dans mon sac du gorgonzola fort honnête, que je prends habituellement plaisir à déguster avec un bout de pomme. Je plaçai la tranche de pomme sur un morceau de gorgonzola sur une couche de beurre sur une tartine de pain et j'allais plonger mes crocs dans cette superposition de bonnes choses, au mépris de mon taux de cholestérol, quand je vis mon premier quokka.

Il sortit sans se presser des petits buissons autour du talus et m'observa avec insolence. C'était une bête à l'air cruel, avec des traits de sale rongeur et une gueule ingrate, mais elle était petite et ne montra d'abord aucune tendance agressive. Je n'étais pas du tout inquiet.

Je la regardais, elle me regardait : les bonnes manières semblaient exiger que je fasse le premier pas. Je lui lançai donc un bout de fromage et un de pomme.

Le quokka s'approcha, renifla mon offrande, puis il me gratifia d'un regard méfiant sans un soupçon de reconnaissance.

— Vas-y, lui dis-je gentiment. Sers-toi. Le fromage et la pomme n'ont jamais fait de mal à un quokka.

Il s'approcha à nouveau et saisit la nourriture entre ses pattes minuscules. Il la renifla encore, mit délicatement la pomme dans sa gueule, mastiqua un peu, fronça le museau et recracha le fruit.

— Très bien, commentai-je. Les quokkas n'aiment pas les pommes. Essaie le fromage.

Il m'écouta. Il glissa le gorgonzola dans sa gueule et se mit à mastiquer prudemment.

Puis il tomba raide sur le dos.

Je me levai précipitamment. Ardent défenseur de la protection de la nature et de l'environnement, j'étais convaincu que les créatures comme les quokkas devaient être protégées à tout prix. Avais-je accidentellement empoisonné cette pauvre bête avec un bout de gorgonzola ? Pris de remords, je m'admonestai. Je savais que les animaux indigènes réagissaient souvent violemment aux nourritures exotiques. J'avais fait preuve d'une imprudence criminelle en offrant un morceau de gorgonzola à ce pauvre quokka.

Je m'agenouillai à côté de son corps minuscule. Il respirait difficilement et rapidement. Ses yeux étaient à moitié ouverts, mais il paraissait aveugle. Il tenait ses petites pattes de devant serrées sur son poitrail comme un enfant qui se tord les mains. Une de ses petites oreilles tressautait tristement. Quel tableau pitoyable.

Je ne pouvais rien faire. Je n'avais jamais vu de quokka avant et, en tout état de cause, je n'avais pas la moindre idée des procédures à suivre en cas d'empoisonnement au gorgonzola. Mais il y avait sans doute des rangers au port, des experts qui savaient comment sauver les quokkas à l'article de la mort quand ils ont été importunés par des touristes idiots et étourdis de mon acabit.

Je vidai mon sac à dos, ramassai le petit corps tremblotant et le posai délicatement à l'intérieur. Je pris soin de laisser le rabat du haut ouvert pour que le quokka puisse respirer, remis le sac sur mon dos et bondis, plutôt que grimpai, sur mon vélo.

La route était longue et très abrupte au départ. Avec un peu de chance, je pensais arriver au port en un quart d'heure.

Je fonçai dans la descente, en pédalant comme un damné. Puis je compris que j'allais si vite qu'il était inutile de pédaler. Je me contentai donc de rester en selle et de me concentrer sur le pilotage du vélo et sur ce qui devint vite, pour moi, une vitesse extraordinaire. De plus en plus extraordinaire jusqu'à ce que je comprenne que j'allais bien trop vite pour assurer ma sécurité. Mon inquiétude pour le quokka se reporta vite sur celle pour mes propres os.

Quelques minutes de plus ou de moins n'allaient sûrement pas faire une énorme différence. Je freinai. Il ne se passa rien, sinon que je fonçai encore plus vite. J'avais acheté le vélo pour un excellent prix à un monsieur très comme il faut que j'avais trouvé par le biais d'une petite annonce à Fremantle. Il m'avait assuré que la bicyclette était en parfait état, mais jusqu'à ce moment, je n'avais pas eu besoin de me servir sérieusement des freins. Je serrai fort des deux mains. Un bruit étrange, une sorte de crissement métallique s'échappa des roues, mais il n'eut aucun effet sur la vitesse. Je dévalai la pente à une allure prodigieuse ; la route cabossée faisait vibrer ma machine et mon corps si violemment que ma vision se troublait.

Je panique facilement et j'avais toutes les raisons de m'effondrer en balbutiant. Mais ce n'est pas une solution très pratique quand on se trouve sur une bicyclette folle qui dévale une pente à près de cent kilomètres à l'heure.

La route virait doucement au pied de la colline et suivait une petite falaise au-dessus de la mer.

Je n'avais plus qu'à m'accrocher, à bien suivre la courbe et tout irait bien. Je m'accrochai.

Le quokka choisit ce moment pour se remettre de ses émotions. Je sentis des tiraillements violents dans le dos et des mouvements m'indiquant qu'il escaladait le sac. Je m'inquiétai, vaguement et brièvement, de la possibilité qu'il tombe par terre et se blesse, à cette allure infernale, mais je ne pouvais rien faire d'autre qu'agripper le guidon et essayer de maintenir le vélo au milieu de la route. Le quokka arriva en haut du sac, puis je sentis ses petites pattes dans mon cou. En dépit du courant d'air dû à la vitesse, je pris conscience d'une étrange odeur, un mélange de moquette moisie et de gorgonzola.

J'avais descendu la moitié de la colline et la vitesse avait augmenté à tel point que les roues du vélo semblaient ne toucher la route qu'environ tous les trois mètres. Puis elles rebondissaient. Je dévalai la pente en grands sauts avec un quokka accroché autour du cou.

Un hurlement aigu me pénétrait dans l'oreille gauche. C'était le quokka, pris de peur panique. Il m'escaladait le cou tout en essayant, semble-t-il, de passer devant moi.

Je n'avais toujours pas atteint les derniers stades de la panique : l'effondrement total. Dans la mesure où je pouvais penser, je pensais que le quokka s'était remis et pouvait se débrouiller tout seul, tandis que je devais me concentrer sur mon arrivée au pied de la colline, ne pas rater le virage et éviter de sauter à la mer.

Puis le quokka plongea ses dents dans mon oreille gauche.

J'entendis mon hurlement de douleur, que les sifflements du vent ne parvinrent pas à couvrir ; j'ôtai la main gauche du guidon pour essayer de faire lâcher prise au quokka. Le vélo fit une violente embardée sur la droite. Je repris le guidon des deux mains et, en deux bonds, réussis à replacer la machine au milieu de la route. Le quokka me grattait le cou et les épaules avec ses pattes de devant et de derrière ; ma peau commençait à se désintégrer.

Puis il arrêta et décida d'agripper mon oreille avec sa mâchoire et de se laisser pendre au lobe.

Un quokka ne pèse qu'un ou deux kilos, mais je vous mets au défi de piloter un vélo fou dans une pente abrupte avec quelques kilos de quokka accrochés à l'oreille gauche.

Je hurlai, comme je le fais toujours quand je suis en danger, mais ça n'eut aucun effet.

J'enlevai la main gauche du guidon et frappai tout autour de ma tête, essayant d'attraper le quokka pour le détacher, même si je devais sacrifier mon oreille. Le vélo se précipitait frénétiquement d'un côté à l'autre de la route en effectuant des sauts de plus en plus grands et en vibrant si violemment que je ne voyais plus grand-chose.

Le virage se rapprochait. La falaise aussi.

La queue du quokka fouetta ma main ouverte. Je serrai les doigts et tirai de toutes mes forces.

L'unique effet fut d'ajouter ma traction au poids du quokka sur mon oreille gauche. Je crus qu'elle allait se couper à ses points d'attache. J'aurais sans doute été soulagé si ça avait été le cas, mais non.

C'est en tirant furieusement sur la queue du quokka et en beuglant de douleur que je pris le virage, bondissant à cent kilomètres à l'heure (au moins) et sans la moindre chance d'en voir la fin.

Le vélo rebondit une fois au début du virage, une autre fois au bord de la falaise, puis s'envola promptement et atterrit dans l'eau, cinq mètres plus bas.

J'ai souvent pensé que cette image de moi aurait fait une photo superbe : gros et flasque, perché sur une bicyclette, un quokka pendouillant à l'oreille gauche, tenant la queue de l'animal dans la main gauche. Le magazine *Time* est prêt à verser des sommes d'argent considérables pour acquérir ce genre de cliché. Il n'y avait aucun photographe à proximité et j'atterris dans environ un mètre d'eau, au bord d'une plage sablonneuse.

Je n'étais pas blessé et le quokka avait semble-t-il été éjecté pendant le vol plané. Je sortis la tête de l'eau et vis l'abominable créature au bord de la mer : elle me fusillait du regard et montrait les dents.

J'ai l'habitude des rencontres avec les marsupiaux australiens. Je sais que je perds toujours. Je me résignai à pousser mon vélo au milieu des petites vagues, ce qui n'est pas si facile, pour maintenir une distance de sécurité avec le quokka, puis je rejoignis la route en empruntant une rampe pour bateaux. Je pédalai prestement jusqu'au port, trempé, endolori, l'oreille en sang.

Au pub où je m'offris une bière, le barman me demanda ce qui était arrivé à mon oreille. Je lui racontai que j'étais rentré dans un arbre. Il aurait été absurde de lui dire la vérité.

Chasseurs de buffle

En Australie, capturer un buffle est un jeu d'enfant. Savoir qu'en faire, après l'avoir attrapé, reste beaucoup plus problématique.

Notez que vous avez peu de chances de chasser le buffle si vous n'êtes pas dans le grand nord de l'Australie et, dans ce cas, vous passez probablement par Darwin. Si vous passez par Darwin, vous y croisez sans doute Andy, et c'est là que les ennuis commencent.

Vous repérez Andy dès que vous arrivez à Darwin. Vous le voyez et l'entendez arpenter les rues sur la plus grosse moto que vous ayez jamais vue. La moto paraît d'autant plus démesurée qu'Andy est un homme très petit, nerveux et musclé, aux longs cheveux jaunes qui s'accordent superbement avec le rouge pompier de sa moto.

Vous pensez tout d'abord qu'il s'agit d'un petit garçon sur une moto, mais le visage d'Andy vous détrompe. Il ressemble à celui d'une tortue au nez camus et rond, aux tout petits yeux noirs et au menton fuyant. Sa peau a la même consistance que celle d'une tortue et, à première vue, vous lui donnez environ cent soixante ans. Le seul trait qui le distingue de la tortue, c'est sa touffe de cheveux jaunes : il ressemble donc à une tortue avec une perruque.

Comme vous venez de le voir pétarader sur sa moto dans les rues de la ville, vous êtes surpris de retrouver Andy dans le premier bar où vous entrez. En fait, il pétarade continuellement de bar en bar.

Vous le trouvez assis dans un coin d'où il peut observer toutes les allées et venues. Il porte une salopette bleue, de grosses bottes, et boit du peppermint dans un verre à bière. Il ne boit rien d'autre. Ni thé, ni café, ni bière, ni eau : uniquement des grands verres d'alcool de menthe, ce qui explique sans doute la particularité de son physique.

À peine avez-vous eu le temps de commander vos boissons qu'Andy, assis à vos côtés, brandit une large carte de visite chamarrée qui le présente comme Andy Stevens, des Safaris de buffles du Nord – aventures pittoresques à des tarifs compétitifs. Vous n'empochez pas la carte. Je crois qu'Andy n'en a qu'une dont il ne se sépare jamais, et dès qu'il s'est fait connaître, il la glisse dans la poche de sa salopette et se met à vous raconter les joies des safaris de buffles.

Andy a un accent qui n'appartient à aucun pays sur terre. Imaginez, si vous le pouvez, un mélange d'accent irlandais, norvégien, américain et éthiopien, et vous vous en approcherez peut-être. Son anglais n'en est pas moins très clair et son ardent enthousiasme le rend quasi irrésistible.

Il propose de vous emmener dans des régions où nul autre Blanc n'est jamais allé et où vous verrez toute une ménagerie d'animaux australiens que vous ne pouvez même pas vous imaginer. La partie buffle du safari est secondaire. Le fait est que les buffles se sont installés dans ce secteur en grand nombre. Ils valent le coup d'œil, vous explique Andy, mais ils sont difficilement comparables aux fauves natifs, aux varans gros comme des crocodiles, aux casoars, aux milliers d'espèces de kangourous, aux échidnés et aux multitudes de perroquets et d'oiseaux aquatiques qui peuplent cette région.

C'est le moment où une immense collection de photos, un peu écornées mais très impressionnantes, de créatures de la faune australienne est étalée sur le comptoir et vous résistez mieux que moi au baratin d'Andy si vous n'êtes pas intrigué par sa proposition.

Il m'offrit un tour d'une journée à un prix qui n'aurait pas suffi à financer sa consommation de peppermint pendant plus de deux heures et je convins de le retrouver devant mon hôtel le lendemain à l'aube.

Dans la lueur brumeuse et humide du petit matin, je fus déconcerté de voir Andy qui m'attendait sur sa moto, un gros sac sur le dos.

— On va pas voyager là-dessus ? protestai-je.

— Bien sûr que si, dit Andy.

(Je renonce à transcrire son accent phonétiquement.)

— C'est à quelle distance d'ici ?

— Dans les six cents kilomètres aller-retour, me répondit-il. Ça se fait en quatre heures.

J'imaginai mon quintal de chair grasse et flasque dépourvue de muscles accroché à la taille d'Andy tandis que nous filions à une moyenne de cent cinquante kilomètres à l'heure sur une route du Nord.

— Non, refusai-je fermement.

Andy semblait s'attendre à ma réaction.

— On peut prendre ta voiture si tu préfères, proposa-t-il immédiatement.

Je voyageais dans un combi bien aménagé, le type qu'utilisent les broussards chevronnés, pour les nuits occasionnelles où je ne trouvais pas un motel assez confortable.

— C'est de la bonne route, expliqua Andy.

Et nous nous retrouvâmes à foncer plein est vers le fleuve Alligator, moi au volant du combi et Andy assis bien droit sur le siège passager afin de pouvoir regarder au-dessus du tableau de bord. Il avait posé ses pieds sur son sac à dos qu'il ouvrit après une dizaine de minutes pour en extraire une bouteille de liqueur de menthe. Il la déboucha et en but une longue goulée. Comme le rabat du sac était resté ouvert, je m'aperçus qu'il contenait, en tout et pour tout, une autre bouteille de peppermint et un gros rouleau de corde solide. Pas de déjeuner.

Je dois reconnaître que je n'avais pas négocié la nourriture avec Andy, mais il m'avait semblé raisonnable de supposer qu'un tour de quatorze heures comprendrait une petite collation. Heureusement, je suis le genre d'homme qui se contente aisément de deux ou trois repas par jour au restaurant, et j'avais pris un bon petit-déjeuner. J'appréhendais cependant l'idée de passer une journée entière dans le bush avec seulement du peppermint pur à ingurgiter.

J'abordai la question avec Andy.

— Te casse pas la tête, répondit-il. On attrapera un peu de gibier et je te préparerai un bon repas du bush.

J'avais déjà mangé des repas du bush. Il m'arrive même de les préparer moi-même quand j'ai l'imprudence de mal évaluer la distance entre les restaurants. Je cuisine des trucs comme de la chèvre, du lapin ou du pigeon. Ils ont une chose en commun : ils sont infects.

Par ailleurs, pour chasser, il faut posséder une arme. Je le fis observer à Andy.

— T'en fais pas, répondit-il patiemment. On récupérera quelque chose chez les Murris.

« Murri » est le terme employé dans le Nord pour désigner les Aborigènes. En réalité, il signifie « être humain ». J'avais également déjà goûté à la nourriture aborigène. Un jour, j'avais mangé un ragoût de dingo et de *dugong*[1]. Un autre, je pense qu'on m'avait servi une boîte de pâtée pour chien. Les deux plats avaient le même goût.

1. Vache de mer.

Je commençai à me sentir morose et envisageai de faire demi-tour et d'abandonner complètement le projet. Mais je souffre d'une réserve qui passe pour de la politesse et je ne parvenais pas à m'y résoudre.

Nous arrivâmes à l'East Alligator vers les huit heures du matin. Nous étions face à un gué qui menait en terre d'Arnhem, un territoire dans lequel les Blancs ne sont pas autorisés sans une dizaine de permis.

— On va où maintenant ? demandai-je.

— Traverse.

— Mais c'est la terre d'Arnhem.

— Je sais. Vas-y.

— Les Blancs ne sont pas autorisés à y aller sans permis. On peut se retrouver en taule si on entre illégalement.

— Je sais. J'ai un accord avec eux. Continue.

Dans un sens, je savais que je courais à ma perte, mais Andy était une force invincible. Une fois dans son orbite, il n'y avait qu'une direction à prendre : la sienne. Je franchis le gué et dépassai un Aborigène qui jetait un filet circulaire pour pêcher du *barramundi* et qui ne leva même pas les yeux sur nous.

Trois vieillards se trouvaient du côté est du gué. Il s'agissait d'anciens tribaux ; je le savais car ils étaient à moitié nus, atrocement scarifiés sur la poitrine et le visage, et affichaient une expression très amère et revêche. Ils avaient à côté d'eux trois puissants fusils à lunette télescopique.

Ils levèrent tous les trois la main droite : j'arrêtai le combi. Andy se mit à genoux sur le siège avant et sortit la tête par la fenêtre.

— Salut, Bill ! dit-il à l'homme le plus proche de nous, avant de s'adresser aux deux autres : Salut Bill. Salut, Bill.

Bill, Bill et Bill répondirent à son salut avec une dignité millénaire et attendirent qu'il s'exprime.

— Comme d'habitude ?

Les trois vieillards hochèrent gravement la tête et se reculèrent.

— Avance, m'annonça noblement Andy.

J'obéis par automatisme et entrai dans le territoire interdit de la terre d'Arnhem, chasse gardée sacrée du peuple aborigène.

Après un kilomètre de route très cahoteuse, je me tournai vers Andy.

— Et qu'est-ce que ça implique exactement : « Comme d'habitude » ?

Andy fit d'une main un geste nonchalant vers la nature sauvage alentour et de l'autre sortit la seconde bouteille de peppermint de son sac.

— Oh, il suffit de leur ramener un buffle. C'est le prix. C'est rien du tout.

— Comment ça ? Dans mon combi ?

— Mais non, me rassura Andy. On leur montre le chemin et on les ramène comme des vaches, c'est tout. Tu verras, c'est pas sorcier. C'est juste que les Murris sont trop fainéants pour aller les chercher eux-mêmes.

— Attends un peu, Andy. Est-ce que j'ai bien compris ? Le prix, pour entrer en terre d'Arnhem et voir ce paradis de faune endémique, est de ramener un buffle vivant et de le livrer aux féroces guerriers qu'on vient de voir ?

— Ben, si tu veux présenter les choses comme ça.

— Je le veux.

— Ben ouais, c'est ça.

J'arrêtai le combi et regardai Andy.

— Écoute, mon pote.

— Oui ? répondit-il innocemment.

— J'ai accepté de te verser une somme donnée pour que tu me montres la richesse de la faune. Tu n'as jamais parlé de donner un tribut de sang à un groupe d'Aborigènes armés jusqu'aux dents.

— Je n'ai jamais dit que ça serait pas le cas non plus, m'expliqua Andy, désarmant. Et puis maintenant on y est, de toute façon, alors autant continuer.

— Et si je refuse ? renvoyai-je, espérant exprimer un certain degré d'arrogance.

— Eh ben, ça plairait pas aux Murris.

— Je m'en accommoderai.

— Ils risquent de m'interdire de revenir.

J'évitai de me répéter.

— Écoute, mon pote, me dit calmement Andy. Tu fais tout un plat pour rien du tout. Y a rien de plus facile que d'attraper un buffle. On en trouvera un troupeau dans quelques kilomètres et je te montrerai. Allez. C'est mon gagne-pain. Désolé de pas t'avoir tout expliqué avant, mais c'est un détail tellement insignifiant qu'il m'est sorti de l'esprit.

Il m'adressa un nouveau sourire désarmant, comme une tortue qui s'excuse de sa lenteur.

Je suis lamentablement faible et, contrairement à ce que tous mes instincts me dictaient, j'abdiquai.

— Bon, d'accord.

Puis, dans un effort visant à faire valoir mes droits de consommateur :

— Et le déjeuner alors ?

— Les Murris nous donneront quelque chose quand on leur ramènera le buffle.

Pas de quoi me remonter le moral.

— Et quand doit-on voir toute cette faune exceptionnelle ?

— Après le déjeuner.

Vaincu, je démarrai et suivis la piste. Andy continuait à boire de grandes goulées de son peppermint, qui ne semblait pas avoir le moindre effet sur lui.

Après une vingtaine de minutes, nous arrivâmes dans une plaine herbeuse d'environ cinq kilomètres carrés, fermée sur trois côtés par des buissons et des pandanus et sur le quatrième par les falaises du fleuve East Alligator.

En plein milieu, un troupeau d'une douzaine de buffles broutait tranquillement dans les herbes hautes.

Les buffles sauvages d'Australie du Nord sont les descendants des buffles domestiques asiatiques. Ils y étaient utilisés comme bêtes de somme jusqu'à ce qu'ils soient supplantés par le moteur à explosion. Gros animaux, gris et ronds, avec de longues cornes recourbées, ils sont plutôt léthargiques et pas particulièrement effrayants, même pour un pleutre de mon espèce.

Andy reboucha sa bouteille.

— Bon. Maintenant dirige-toi vers eux et quand ils commencent à partir, approche-toi d'un qui est de mon côté, je sauterai et je l'attraperai.

Ma foi, ça paraissait assez simple. Je roulai vers les buffles. Andy sortit la corde de son sac et l'enroula sur son épaule. Les animaux ne levèrent pas la tête avant qu'on soit à une centaine de mètres d'eux, puis ils nous jetèrent un regard maussade, se tournèrent et partirent d'un pas lourd.

Docilement, je me plaçai près de l'un d'eux. Rien de compliqué, la plaine est assez plate et les buffles ne dépassent pas les vingt kilomètres à l'heure.

Andy ouvrit la portière et s'accroupit sur le siège avant. Dès que le buffle fut à sa portée, il se pencha et lui attrapa la queue. Le buffle vira à gauche et Andy se laissa hisser hors du combi. Il tomba sur ses pieds, les deux mains agrippées à la queue du buffle. Il tira en arrière, tendit les jambes et se mit à glisser dans l'herbe comme s'il faisait du ski nautique derrière un hors-bord.

Je les suivais lentement.

Le buffle ralentit bientôt et Andy se mit à lui courir après, s'accrochant toujours à sa longue queue. Il avait la tête à peu près au niveau de la croupe du buffle. Il se baissa soudain et passa la queue de l'animal autour de sa patte arrière gauche. Puis il s'arrêta brusquement en tenant la queue à deux mains.

Avec la patte arrière crochetée par sa propre queue, le buffle s'effondra sur le côté.

Andy le contourna et s'assit sur la tête de l'animal.

Le buffle restait au sol, sa longue langue pendante, le regard plein de reproches, mais sans autre signe extérieur de protestation.

J'arrêtai mon véhicule à côté d'Andy et le félicitai. Il avait vraiment fait un boulot remarquable.

— Ouais, répondit-il, mais c'est qu'une misérable petite femelle.

Il frappa la bête sur ce qui me semblait des flancs fort amples.

— Je crois qu'on ferait mieux d'en trouver un plus gros.

Le troupeau s'était arrêté près de la rivière, à environ un kilomètre de nous, et les ruminants s'étaient remis à brouter sans se soucier du sort de la femelle capturée.

L'opération avait été simple et facile, comme l'avait prédit Andy; je n'émis donc aucune objection.

Il se leva. La femelle se remit sur pied en piétinant. Elle nous adressa un regard menaçant et je me félicitai d'être dans le combi. Andy lui tourna le dos et grimpa sur son siège. Elle hocha la tête, se tourna et, sans se presser, rejoignit le troupeau.

— Y a un bon gros pépère là-bas, dit Andy. Allons le chercher. Il fera très bien l'affaire.

Le bon gros pépère était un énorme mâle qui se tenait un peu en retrait du troupeau et donnait ainsi l'impression de monter la garde.

— Il est pas un peu trop gros ? demandai-je, poussé par ma prudence instinctive, en dépit de l'indéniable compétence et de l'habileté d'Andy.

— Mais non, ils sont tous doux comme des agneaux.

Je devais reconnaître qu'Andy avait l'air de savoir ce qu'il faisait, je démarrai donc et me dirigeai vers le mâle. Je commençai déjà à préparer mentalement les anecdotes juteuses à raconter lors de bons dîners sur la capture de buffles à mains nues en terre d'Arnhem. Je m'étais toujours imaginé en héros macho (il me manque seulement l'héroïsme et le machisme) et je n'avais plus qu'à inverser le rôle d'Andy et le mien pour y parvenir.

Le buffle mâle nous attendait, la tête haute, les naseaux dilatés, ses énormes cornes se découpant en noir sur la brume qui montait de la rivière.

Je roulai jusqu'à lui, sûr qu'il allait se mettre à courir.

Il n'en fit rien.

Le combi s'arrêta à une longueur de bras de la tête de cette brute, mais elle ne bougea pas, elle se contenta de me jeter un regard furieux à travers le pare-brise.

J'étais perplexe.

Andy ne l'était pas.

— Cet abruti nous facilite la tâche, dit-il en descendant du véhicule, la corde à la main.

Le buffle ne lui prêta aucune attention car il me fusillait du regard, ce que je trouvais très désagréable.

Andy lui glissa la corde autour du cou. L'animal ne bougeait toujours pas.

— Je vais attacher la corde au pare-chocs et on le ramènera au gué, expliqua Andy.

Il fit le tour du combi pour attacher la corde.

— C'est bon, dit-il en se perchant sur le siège passager. Fais demi-tour et allons-y.

Je tournai, effleurant le museau du buffle toujours aussi immobile, et partis très lentement pour que la tension de la corde ne lui brise pas le cou.

La corde se tendit, le combi s'arrêta net. Je regardai dans le rétro. Le buffle avait baissé la tête mais n'avait pas bougé d'un poil. La corde était tendue comme une barre de fer entre le combi et lui.

— Trop lent, observa tranquillement Andy. Recule un poil et secoue-le.

Après une petite marche arrière je repartis vigoureusement. Le combi s'arrêta brutalement quand la corde se tendit.

— Le salopiaud refuse de coopérer, déplora Andy. Recule et pars à fond. Ça devrait le bouger.

Je reculai au point où l'arrière du combi touchait presque le museau de la bête. Puis je passai la première et mis le pied au plancher.

Le combi fonça sur cinq mètres, puis s'arrêta net. Je me cognai le nez sur le volant.

Le buffle n'avait toujours pas bougé, tête baissée, inébranlable.

— Quelle tête de lard, grogna Andy. J'ai une idée : essaie d'avancer pendant que je descends et que je le déloge à coups de pied.

— Et si on le détachait et qu'on en trouve un moins gros ? suggérai-je faiblement.

— Non, il finira bien par bouger.

Il sauta du combi et se plaça derrière le buffle.

— C'est bon, cria-t-il, vas-y !

Sur quoi, il se mit à bourrer de coups de pied la croupe du bovin.

J'enclenchai la première et fonçai, m'arrêtai net, calai, puis le combi se mit à bouger… à reculons.

Je crus que je glissais et je redémarrai, pris de panique, passai la première et accélérai.

Le combi reculait toujours.

Je regardai par la vitre arrière. Le buffle s'approchait à reculons d'Andy, qui continuait de lui asséner des coups de pied. La corde tendue vibrait et le buffle tirait le combi, contre la puissance de son moteur.

Je coupai le moteur et freinai à fond.

Le buffle continua à reculer. Le combi aussi.

— Détache ce con ! hurlai-je à Andy.

Il ne semblait pas m'entendre, il se contentait de donner des coups de pied dans le postérieur du buffle.

Puis je m'aperçus que le buffle s'approchait doucement du bord de la falaise qui marque la limite de la terre d'Arnhem et s'élève à une cinquantaine de mètres au-dessus du fleuve East Alligator.

Le buffle ne pouvait pas voir où il allait et semblait déterminé à reculer indéfiniment, ce qui signifiait qu'il allait bientôt tomber dans le gouffre, entraînant le combi, et moi, dans sa chute.

Je me rendis alors compte que rien au monde ne me retenait dans le combi. En réalité, je serais bien mieux dehors. Je tirai le frein à main et descendis.

— Mais nom d'un chien, détache-le, criai-je à Andy qui s'obstinait à couvrir le buffle de coups de pied.

— Et comment ?

— Coupe la corde, nom de Dieu !

— J'ai pas de couteau.

— Alors défais le nœud !

— Essaie si tu veux.

J'essayai. C'était impossible. Quand un puissant buffle tire un combi très lourd à cinq kilomètres à l'heure, la tension de la corde est telle qu'il est impossible de défaire le nœud.

J'avais les doigts en sang à force de tirer sur la corde dure comme du fer nouée autour du pare-chocs. Je joignis alors mes efforts à ceux d'Andy et me mis à donner des coups de pied au buffle.

La sale bête s'en fichait complètement. Elle s'entêtait à reculer en tirant le combi aux roues bloquées.

Le précipice n'était plus qu'à quelques pas.

— T'as un couteau ? hurla Andy.

J'avais un couteau de table plutôt élégant dans le tiroir à couverts de mon combi. Malheureusement, ce même combi prenait inexorablement le chemin de la falaise et le couteau n'était pas vraiment à portée de main.

Trouillard de nature, je répondis :

— Y en a un dans le tiroir du placard dans le combi.

— Qu'est-ce que t'attends pour aller le chercher ? renvoya Andy sans grande courtoisie.

J'évaluai la distance qui séparait les roues arrière du combi du bord de la falaise. Elle était très réduite. D'un autre côté, le combi valait quinze mille dollars. Je suis trouillard, certes, mais je prends soin de mes affaires.

J'ouvris brusquement la portière latérale, m'engouffrai à l'intérieur, et tirai sur le bouton du tiroir à couverts. Le tiroir était fermé à clé et le bouton me resta dans la main.

Je tombai à la renverse et hors du combi juste à temps pour voir le buffle se précipiter dans le vide. Avec Andy.

C'était une de ces scènes saisissantes que l'on garde à l'esprit toute la vie.

Manifestement, Andy avait vaillamment et inutilement continué à rouer le buffle de coups sans s'apercevoir qu'il était au bord du gouffre.

Il était tombé en arrière, accroché à la queue du buffle.

L'animal avait reculé de plusieurs pas et avait à son tour chuté.

Le poids combiné d'Andy et du buffle tira rapidement mon combi vers la falaise.

Prostré, j'attendais qu'Andy, le buffle et le combi plongent et meurent dans l'East Alligator.

Puis une loi de la physique se vérifia. La corde entre le combi et le buffle (plus Andy) forma un angle droit sur le précipice et cette catastrophe en marche devint un vrai tableau vivant.

Le poids du combi était apparemment équivalent à celui du buffle avec Andy accroché à sa queue.

Le combi faisait office de contrepoids. Andy et le buffle pendaient à l'autre bout de la corde, et servaient eux aussi de contrepoids.

L'équilibre était à la fois fragile et permanent. Combi, buffle et Andy pouvaient rester ainsi pour toujours. Sinon, je pouvais aussi trancher la corde : Andy et le buffle dégringoleraient dans l'East Alligator et mon combi serait épargné.

J'aimais beaucoup mon combi, ou les quinze mille dollars qu'il représentait, mais je n'étais pas prêt à tuer Andy pour lui. De toute façon, je n'avais pas de couteau et aucune intention de grimper dans le véhicule, en situation précaire, pour aller le chercher.

Andy appelait au secours, tandis qu'il pendait à la queue du buffle. Ce dernier essayait de beugler mais avait du mal à y parvenir car il souffrait du fait qu'il était, en réalité, en train d'être pendu. Il faisait des bruits étranglés.

Je me levai et me mis à paniquer.

C'est à ce moment qu'un superbe Aborigène s'avança dans les herbes hautes. Il était nu jusqu'à la taille et portait un pantalon en nylon. Barbu, d'âge moyen, il dégageait une impression de force.

— Qu'est-ce que c'est que ce bordel ? demanda-t-il.

J'indiquai faiblement le buffle pendouillant et Andy.

— Nom de Dieu, encore Andy ! lança l'Aborigène.

Il se pencha dans le vide.

— Andy, espèce de connard fini, remonte ici !

Andy s'agrippa docilement à la queue du buffle, lui escalada le dos, la tête, puis remonta la corde qui reliait le buffle au combi.

— Salut Bill ! dit-il. Voilà ton buffle.

L'Aborigène toisa le petit homme.

— Espèce de petit escroc merdique, constata-t-il en sortant un poignard d'un étui qu'il portait à la ceinture.

Il sectionna la corde qui reliait le buffle au combi.

La corde se trancha. Mon véhicule poussa un soupir de satisfaction mécanique. Le buffle dégringola dans l'East Alligator, avec un beuglement de désespoir. Il tomba dans l'eau verte parsemée de fleurs de frangipanier avec un plouf puissant, disparut un long moment, puis refit surface et repartit pour la rive opposée. Apparemment sain et sauf.

L'Aborigène nous regarda sévèrement.

— Mais qu'est-ce que vous foutiez bon sang ? demanda-t-il.

— Est-ce que cinquante dollars régleraient l'affaire ? proposa Andy.

— Cinquante dollars suffisent à régler la plupart des problèmes d'ordre humain, répondit l'Aborigène.

Ils se tournèrent vers moi.

Je sortis cinquante dollars et les donnai à l'Aborigène. Il les glissa dans sa poche.

— Tu peux me ramener au gué ? me demanda-t-il en s'installant sur le siège passager sans attendre ma réponse.

Au gué, il descendit et dit aux anciens :

— Encore ce connard d'Andy qui essaie de voler un buffle.

— Tout est réglé ? demanda l'un des anciens.

— Ouais, répondit notre sauveur en sortant les cinquante dollars de sa poche.

J'imaginai que cela voulait dire qu'Andy m'avait attiré dans un plan pour voler du bétail, s'était fait prendre et avait payé l'amende appropriée. Je ne me renseignai pas davantage. Je ne voulais pas en savoir plus. Des coups comme ça arrivent sans arrêt dans le Nord.

Je conduisis Andy à Darwin et le laissai au pub où je l'avais rencontré. Il ne me demanda pas à être payé.

— On devrait le refaire un de ces jours, me dit-il en s'en allant.

— C'est ça, oui, on devrait, répondis-je sans conviction.

Des serpents très, très perturbés

Dans la nature, rien ne frappe plus vite qu'un serpent. Le mouvement est rapide au point d'être impossible à observer.

Vic le montreur de serpents me le prouva un jour, avec un petit python, qui n'était pas venimeux. Il agita la main devant sa tête pour l'agacer. Le python, pourtant patient, finit par craquer et frappa. La seule preuve que j'en eus c'est que pendant une fraction imperceptible de seconde il me sembla voir sa tête bouger. Puis il fut à nouveau immobile, mais il y avait deux petits trous sur la main de Vic.

Vic le montreur de serpents adorait ce genre de démonstrations. Comme tous les hommes à serpents, il était très grand, très mince et très sale. Il portait des vêtements qui semblaient sur le point de se déchirer, ce qui était d'ailleurs fréquemment le cas. Rien au monde ne l'intéressait mis à part les serpents. On ne le voyait jamais sans un reptile sur lui, d'ordinaire un venimeux, et il était une source intarissable d'informations à leur sujet.

Vic était un montreur de serpents professionnel chargé des présentations dans un zoo privé dont j'assurais la publicité, et nous sommes devenus copains. Sa passion et sa connaissance des reptiles étaient telles que j'en oubliai presque ma détermination passionnée et mon serment à vie de me tenir éloigné de tout ce qui est dangereux. Il m'arrivait souvent de bavarder avec lui dans son vivarium tandis que des dizaines de serpents mortels sommeillaient près de nous ou se tortillaient autour de nos pieds, vaquant à leurs mystérieuses affaires reptiliennes.

— Si tu ne fais pas de gestes brusques, tu ne te feras jamais mordre, me disait Vic de sa voix rauque et sifflante. Le serpent ne frappe que s'il veut te manger ou s'il pense que tu l'attaques. T'es trop gros pour qu'aucun de ces serpents pense à te manger, et si tu te tiens tranquille ils ne penseront jamais que tu veux les attaquer.

Vic s'exprimait toujours comme s'il donnait une conférence.

Réconforté par sa présence rassurante, je m'asseyais sans broncher alors qu'un *king brown* ou un taïpan mortel se faufilait auprès de nous, sachant que ma taille considérable me rendait immangeable, et que je n'avais aucune intention d'agresser la créature.

Ce système marchait parfaitement et je devins parfaitement à l'aise et sûr de moi en présence de serpents dangereux. Après tout, Vic traînait avec eux depuis plus de quarante ans et n'avait jamais été blessé. (Peu de temps après, il faillit se faire étrangler par un python et passa trois mois à l'hôpital après une attaque de taïpan, mais c'est une autre histoire[1].)

— Ne montre jamais ta peur en présence d'un serpent, me conseilla aussi Vic, ses yeux jaunes et opaques brillant avec sincérité dans son visage anguleux et crasseux couronné d'un duvet de cheveux épars.

« Les serpents sentent la peur et ça les rend complètement fous. Ils frappent sur tout ce qui leur paraît effrayant.

Au début, je devais faire de gros efforts de concentration pour ne pas être effrayé. Comme j'ai la peur facile, ça ne marchait pas toujours et Vic dut me sortir du vivarium à plusieurs reprises avant qu'un serpent hypersensible à la crainte ne s'offense. Mais au fil du temps, rassuré par ma taille et mon absence d'intentions belliqueuses, je vis ma peur s'évanouir et je me sentis parfaitement à l'aise en leur compagnie. Enfin, presque.

Il était donc naturel que j'accepte lorsque Vic m'invita à l'accompagner à une expédition de capture de serpents.

Il recherchait des serpents-tigres, une espèce particulièrement mortelle et agressive que l'on trouve dans les zones humides. Il me conduisit dans les marais Macquarie, à quelque cinq cents kilomètres à l'ouest de Sydney, m'assurant que nous allions les trouver en abondance à cet endroit.

---

1. Voir « Vic, montreur de serpents », *Le Koala tueur, op. cit.*

Il nous fallut une journée entière pour y arriver dans son vieux pick-up Holden. Nous installâmes notre camp au crépuscule dans un coin de forêt morte, en lisière des marais, et nous préparâmes un repas typique du bush : huîtres (en conserve), filet de steak cuit à point, salade, fromage et caviar, accompagnés par une ou deux bouteilles de bordeaux Jacob's Creek.

Vic, qui parlait sans arrêt de serpents, me régala, pendant le vin et les quelques verres de cognac qui suivirent, d'histoires de gens qui avaient mal fini à cause de leur ignorance des reptiles. Charley, par exemple, qui ne savait pas qu'il était hors de question de nourrir un taïpan de crapauds-buffles.

— Ça les rend malades et ça les fout de mauvais poil. Et y a rien de plus dangereux qu'un serpent malade et de mauvais poil.

Et il y avait eu Blackie :

— Il n'avait pas compris que les serpents et l'alcool ne font pas bon ménage. Ils détestent l'odeur de l'alcool[1].

Vic en était alors à son troisième cognac, mais je me dis que son métabolisme aurait éliminé l'alcool avant qu'il ne s'en prenne aux serpents-tigres, le lendemain matin.

Sans parler de Bert :

— ... qui ne voulait pas croire que, dans le Nord, les gros pythons de rocher ont assez de force

1. Voir « Alcool et serpents », *Le Koala tueur, op. cit.*

pour étrangler un buffle. Or Bert n'était pas aussi gros qu'un buffle.

Charley, Blackie, Bert et bien d'autres, tous des hommes censés s'y connaître en reptiles, semblaient avoir péri à cause de leur inexpérience. Ces récits auraient dû me mettre la puce à l'oreille, mais assis comme je l'étais devant une belle flambée, un cigare à la main, un verre de liqueur dans l'autre, sachant que c'était Vic, et non pas moi, qui devait attraper des serpents le lendemain, je n'étais pas particulièrement inquiet. Je n'apprends jamais.

Nous nous couchâmes vers onze heures et je m'enroulai dans ma couverture avec la conscience claire et la sérénité de l'homme qui a consommé de grandes quantités d'alcool d'excellente qualité.

— Je te réveillerai demain matin et on ira capturer nos serpents-tigres, me dit Vic.

— Tu iras capturer des serpents-tigres demain, mon vieux, marmonnai-je en sombrant dans le délicieux sommeil qui suit un dîner copieux au grand air pur et frais de l'Ouest.

Ce que Vic appelait le « matin » était l'instant où le premier éclat de lumière étincelait au sommet argenté des vieux eucalyptus morts. J'étais loin d'être aussi serein que quand je m'étais couché. Pour tout dire, j'étais fébrile et frémissant de peur.

— Allez, mon pote, faut te remuer, me dit Vic, qui avait déjà ranimé le feu et préparé le café. Faut qu'on les prenne avant qu'il fasse complètement jour sinon ils seront repartis dans les marais.

Je m'habillai, bus une tasse de café qui me donna la nausée et repoussai l'idée d'une cigarette.

Vic fouilla à l'arrière du pick-up et me tendit un bâton fourchu et une sacoche en cuir. Il s'équipa de la même manière.

— C'est parti, mon pote, dit-il en se dirigeant vers les marais d'un pas décidé.

Je le suivis, d'un pas moins décidé, en me demandant une fois de plus ce que je fichais là au juste.

Vic trouva vite son premier serpent. Un beau spécimen, environ un mètre et demi de tortillements mortels. Il traversait un coin de terre en rampant. Vic s'approcha de lui lentement, le souleva délicatement en l'attrapant au milieu du corps et le déposa dans sa sacoche en cuir.

— Belle bête, dit-il. Tu vois ce que je veux dire ? Si tu restes calme et doux, il ne peut rien t'arriver.

Je préférais m'assurer qu'il ne m'arrive rien en restant toujours à cinq bons mètres derrière Vic.

Mon ami répéta son exploit cinq ou six fois sans s'occasionner le moindre mal, avec tant de grâce et de savoir-faire que je retrouvai le niveau de confiance en moi acquis en sa présence. Après tout, ma nervosité n'était due qu'à mes légers excès de la veille et, à la vitesse où Vic travaillait, je me voyais déjà devant un verre de bière bien fraîche au pub de Quambone.

Vic me donna le sac plein de serpents et prit le sac vide que je portais.

— On le remplit et ça le fera, me dit-il, ce qui me relaxa d'autant plus.

Puis il repéra un serpent qui venait de se glisser sous une souche. On ne voyait qu'une vingtaine de centimètres de sa queue argentée qui dépassait. Vic attrapa la queue et tira lentement le reste de l'animal.

— Celui-ci va être très en colère, me dit Vic avec le ton de conférencier monotone qu'il utilisait toujours devant un public.

« C'est tout à fait compréhensible, puisque je le traite de manière peu orthodoxe. En temps normal, je ne tiendrais jamais un serpent par la queue de cette manière car ça le contrarie et les serpents contrariés peuvent être très dangereux.

« Je te déconseille tout à fait de t'amuser à tenir un serpent de cette façon, poursuivit-il (comme si j'en avais l'intention !), parce que quand sa tête va sortir de sous la souche, il va essayer de frapper. Si tu le faisais, tu te ferais certainement mordre et ce serait terrible car le tigre est un serpent extrêmement venimeux. Mais je vais saisir cette occasion pour te montrer comment tenir un serpent qui essaie de frapper.

Je doublai la distance qui nous séparait et observai.

Vic marqua une pause théâtrale après avoir extrait un mètre et demi de serpent de sous la souche.

— Si tu te trouves à portée du serpent, il te sera totalement impossible d'éviter sa morsure s'il décide de frapper.

« Cependant, pour frapper, le serpent doit s'appuyer sur une base solide. Il doit soit prendre appui sur ses anneaux, soit caler la partie inférieure de son corps autour d'un objet stable tel qu'une branche.

« Quand la tête de ce serpent sortira de ce tronc d'arbre, il essaiera de me mordre, mais il n'y arrivera pas car il n'a pas de base solide.

« Ce qui veut dire qu'il n'aura pas la vitesse nécessaire essentielle pour réussir son attaque, et je pourrai facilement l'attraper.

Là-dessus, il sortit la tête du reptile et le tint par la queue, à une longueur de bras.

— Pour le moment, psalmodia Vic, le serpent est intrigué. Dès qu'il se remettra, il essaiera de me mordre. Mais le squelette d'un serpent est ainsi fait que dans sa position actuelle, il pourra seulement lever la tête à hauteur de ma main ou de mon bras et mordre. Il ne peut pas frapper dans cette posture et, comme il bouge lentement, il est facile de le manipuler.

Naturellement, en temps voulu, le serpent se mit à se tordre en une demi-boucle et approcha lentement la tête du bras de Vic.

— Donc, poursuivit-il, je n'ai plus qu'à tourner le poignet qui tient la queue du serpent pour que son squelette entier se détourne de la direction que prend sa tête.

Il tourna le poignet.

— Le serpent se retrouve ainsi obligé de baisser la tête et de la lever de l'autre côté de son corps.

Comme prévu, le serpent arrêta de lever la tête sur la droite, pendit tout droit une seconde, puis se redressa sur le côté gauche.

— Je vais maintenant tourner le poignet dans l'autre sens.

Il le fit et la tête du serpent se baissa à nouveau, fit une pause verticale d'une seconde, et se redressa sur la droite.

Vic tourna, la tête s'abaissa, et ainsi de suite.

Il continua pendant plusieurs minutes jusqu'à ce que, en homme de scène averti, il sache qu'il était temps d'arrêter et de jeter le serpent dans la sacoche en cuir la prochaine fois qu'il aurait la tête baissée.

Vic était un montreur de serpents compétent et rassurant, mais, comme tous les passionnés de reptiles, il était aussi complètement fou, comme je n'allais pas tarder à m'en apercevoir.

Il captura quelques serpents de plus, dont deux avec son bâton fourchu. La méthode du bâton fourchu consiste à appuyer la fourche juste derrière la tête du serpent pour l'immobiliser, puis de le pousser petit à petit dans votre sac à serpents.

Je lui demandai pourquoi il avait procédé de la sorte plutôt que d'avoir ramassé ces serpents-là à la main, comme il le faisait pour les autres.

— Ces serpents étaient perturbés, me répondit-il. On le voit à leur manière de se déplacer. Nous les avons peut-être contrariés en arrivant trop vite. Un serpent perturbé est très dangereux et doit être manipulé très prudemment.

Nous longions les marais. Le soleil vaporisait des extraits de ciel doré par l'aurore avec un effet des plus dramatiques. De charmants oiseaux aquatiques d'une diversité époustouflante voletaient à notre approche et un superbe cygne noir flottait avec orgueil sur l'eau vert doré des marais.

Nous aperçûmes deux serpents-tigres dans une petite clairière. Ils s'enfuyaient à notre approche.

— Prends celui de gauche, je m'occupe de l'autre, cria Vic.

Je n'étais pas enthousiaste, mais suivre un serpent et lui planter un bâton fourchu derrière ce que le profane appellerait le cou ne semblait pas sorcier : je m'y résolus donc.

Le serpent se tortilla violemment quelques instants et me lança un regard sinistre. Clairement, j'avais affaire à un serpent perturbé. Mais j'admets que j'aurais été tout aussi perturbé si l'on m'avait cloué au sol avec un bâton fourchu.

Pendant ce temps, Vic avait immobilisé l'autre bête, à une dizaine de mètres de moi.

— On a un petit problème maintenant, annonça Vic de son débit monotone de sermonneur. Nous tenons deux serpents perturbés. Mon sac est déjà plein. C'est toi qui as le sac avec de la place. Je pourrais forcer le mien dans mon sac, mais je risque de blesser les serpents.

Je n'étais pas particulièrement contre l'idée de blesser des serpents-tigres, d'autant que je commençais à comprendre où Vic voulait en venir.

— La solution idéale, continua-t-il avec le plus grand sérieux, serait que tu mettes ton serpent dans ton sac, puis que tu m'apportes le sac.

Ah bon ?

— Je dois toutefois souligner que ton serpent est perturbé et que tu n'as ni l'assurance ni l'expérience pour le manipuler.

Là, il avait tout à fait raison.

— Je vais donc attraper mon serpent par la queue, de façon à pouvoir le contrôler, je m'approcherai de toi et le mettrai dans ton sac.

L'idée de Vic s'approchant de moi avec la queue d'un serpent-tigre fort perturbé dans la main en faisant le twist du poignet ne me séduisait pas du tout.

— Et si je te jetais mon sac ? suggérai-je.

Vic était horrifié.

— Surtout pas, grands dieux. On risquerait de grièvement blesser les serpents qui y sont déjà.

La pensée de serpents-tigres blessés devenait de plus en plus attrayante.

Vic se pencha, attrapa le serpent par la queue, enleva son bâton fourchu et se redressa, le reptile à bout de bras.

La bête se donna un mal fou à essayer de le mordre. Vic se mit à tordre le poignet et à s'approcher de moi d'un pas lent, mais décidé.

— Voici un serpent décidément très perturbé, psalmodia-t-il, et nous devons être extrêmement prudents.

J'étais disposé à pousser la prudence au point de partir en courant sans m'arrêter jusqu'à ce que je sois en sécurité dans le pick-up, mais il m'était impossible de libérer mon serpent du bâton fourchu sans lui laisser une chance de me mordre.

— Si tu ouvres ta sacoche, j'y déposerai mon serpent au moment approprié.

Ouvrir ma sacoche ? Ma satanée sacoche pleine de serpents perturbés ? Allons donc, c'était un boulot pour Vic.

— Hé Vic ! chevrotai-je.

— T'en fais pas, répondit-il avec le même ton de voix à la con, sentencieux et verbeux. (Vic descendait en flèche dans mon estime.) Je suis là pour te protéger si les circonstances deviennent difficiles.

— Mais comment veux-tu que j'ouvre mon sac ? J'ai une seule main de libre. Je peux pas lâcher ce bâton, nom d'un chien.

La sacoche, à moitié pleine de tigres, se trouvait à mes pieds. Elle était pleine de protubérances qui palpitaient de partout. Son contenu était clairement perturbé.

— Baisse-toi et ramasse le sac, me dit Vic, qui n'était plus qu'à deux ou trois mètres de moi, avec le serpent qui tentait vigoureusement de le mordre toutes les trois secondes.

« Tiens-moi le sac, je l'ouvrirai de ma main libre et déposerai mon serpent de l'autre main.

Ce qui voulait dire que ma main tiendrait le sac pendant que Vic glisserait cette sale bête dedans, la tête première.

— Et si je te donnais le sac et que t'ailles faire ça tout seul un peu plus loin ?

Vic me coula un regard mélancolique et dit :

— Je n'ai qu'une main de libre, moi aussi. Mais ne t'inquiète pas. Rien ne peut t'arriver tant que je suis là.

Le ton de sa voix, sa manière de s'exprimer, sa phraséologie et son assurance complaisante commençaient à me déprimer tout autant que la proximité des deux serpents. Mais comme Vic était sensiblement plus proche de moi, le serpent à la main, et que le serpent sous mon bâton était sensiblement plus énervé, je n'avais guère de choix.

Je me penchai et ramassai la sacoche. Vic tendit la main gauche, tout en continuant à diriger habilement la queue du serpent de droite à gauche et vice versa pour éviter de le laisser enfoncer ses crocs dans son bras.

C'est le moment que choisit un gros serpent brun de deux mètres de long, avec une étrange marque jaune sur la tête, pour émerger des roseaux juste derrière nous.

Il vaquait tranquillement à ses affaires et traversait la clairière avec la détermination reptilienne d'aller faire Dieu sait quoi. Normalement, l'apparition de ce troisième serpent aurait été sans incidence sur mon dilemme.

Mais sur Vic, l'effet fut remarquable. Ses yeux jaunes et opaques se mirent à brûler étrangement. Sa grimace de plaisir exposa ses crocs jaunes. Il poussa un cri de joie inhabituel et, pour une fois, s'exprima avec des mots d'humain pratiquement normaux.

— Saperlipopette ! hurla-t-il. Un *king brown* à couronne !

J'étais intéressé, mais loin d'être fasciné. Le problème du serpent sous mon bâton fourchu et de celui dans la main de Vic me paraissait bien plus préoccupant.

J'avais tort.

Vic me tendit soudain sa main droite (celle qui tenait la queue du serpent) en beuglant :

— Tiens, tiens-moi ça.

Le serpent tournait sur la gauche et était tout près de moi. Je fis accidentellement tomber la sacoche et attrapai la queue.

— Tourne le poignet ! Tourne ! N'oublie surtout pas de tourner, cria Vic avant de se lancer à la poursuite du serpent brun à couronne, qui faisait de son mieux, en toute innocence, pour disparaître dans les fourrés de l'autre côté de la clairière.

J'ai entendu dire qu'un homme qui sait qu'il sera pendu dans quinze jours voit sa capacité de concentration décuplée, mais cette capacité passerait pour de l'inertie mentale comparée à ce qui se passe dans votre cerveau quand vous vous retrouvez avec la queue d'un serpent-tigre perturbé dans la main.

La redoutable tête s'approchait de mon bras sur le côté gauche. Je n'eus même pas besoin de réfléchir, je donnai un violent coup du côté droit. La tête s'abaissa, marqua une pause, puis remonta du côté droit. Je tournai sur la gauche, mais un peu trop vite. La tête se baissa et remonta sur la gauche sans marquer de pause. Je tournai sur la droite. Encore trop tôt. Je me rendais bien compte que j'aurais dû attendre que la tête s'approche encore plus de moi avant de tourner, mais je n'avais pas le cran d'attendre.

Je restai planté là, la main gauche tenant le bâton fourchu clouant un tigre mortel au sol, l'autre main, aussi éloignée de moi que possible, au bout de mon bras douloureux et palpitant, jouant à ce yoyo dément avec un autre tigre mortel.

— Hé ! Vic ! beuglai-je en tournant du poignet comme un fou.

— Continue de tourner. Tu vas y arriver, tu verras, me lança Vic en piétinant des petits buissons à la recherche du serpent brun.

— Vic, espèce de connard ! gueulai-je. Viens m'aider !

— Tu vas très bien t'en sortir, répondit-il en reprenant son ton moralisateur. Tu dois comprendre que le *king brown* à couronne est l'un des serpents les plus rares d'Australie. Figure-toi que c'est seulement le deuxième que je vois. Capturer ce spécimen représenterait un exploit scientifique notable.

Super. C'est tout ce dont j'avais besoin : un exploit scientifique. Je tournais et suais alors que le serpent-tigre dans ma main s'acharnait à lever la tête à hauteur de mon bras.

Essayez donc de tenir indéfiniment un serpent, un gros, à bout de bras. Ce n'est pas facile. Encore plus difficile s'il faut tourner violemment le poignet toutes les deux secondes. D'autant plus dur quand on est effondré de terreur.

Nous étions dans une impasse. Je ne pouvais pas lancer le serpent que je tenais à la main. Impossible de jeter ce qu'on tient à bout de bras et je ne pouvais pas plier le coude par crainte que sa tête se rapproche de mon corps. Impossible aussi de le lâcher à mes pieds et de partir en courant, car il tomberait trop près de moi, et rejoindrait celui que je tenais toujours sous mon bâton fourchu.

Je me serais évanoui si l'idée de m'évanouir dans une masse de serpents-tigres perturbés avait été plus attrayante.

Puis Vic revint, l'espèce de sale *king brown* à couronne drapé avec tendresse sur ses épaules.

— Et voici un exemple de ce que l'on peut obtenir en manipulant calmement les serpents, annonça-t-il. Ce serpent n'est pas perturbé et comme je n'ai pas peur de lui, il est très facile à toucher et aucunement dangereux.

Le brun à couronne était confortablement installé sur l'épaule de Vic, à une distance d'où il pouvait aisément frapper la main avec laquelle je tenais le tigre. Sa langue ondulait vigoureusement et il me lançait un regard malveillant. Il me semblait parfaitement dangereux.

— Vic ! suppliai-je d'une voix désespérée. Ôte-moi cette saleté des mains !

— Bien sûr. Tu es dans un état de frayeur avancé, ce qui rend tous ces serpents très mécontents. Or un serpent mécontent est un serpent dangereux.

Il se pencha, me prit la queue du tigre des mains et donna un petit coup nonchalant sur le côté pour éviter la tête qui remontait à toute vitesse pour l'attaquer.

— Bon, je ne voudrais pas te froisser, me dit-il, mais dans ton état de panique actuel tu représentes un sérieux danger pour moi. J'aimerais que tu me laisses prendre ton bâton fourchu, que tu retournes au camp et que tu te ressaisisses.

— T'es sûr que je peux pas être utile ? murmurai-je en reculant. Je peux peut-être te ramener un fusil ?

— Ça ne sera pas nécessaire, renvoya sévèrement Vic.

Maintenant que j'avais établi une distance de sécurité, j'avais du mal à laisser Vic avec un *king brown* (le serpent le plus venimeux du monde) sur les épaules, un tigre dans une main et l'autre coincé sous un bâton fourchu à ses pieds.

— Vic, lui dis-je, je peux pas te laisser comme ça.

— Au risque d'être impoli, me répondit-il sèchement, je te signale que ta peur les contrarie. Je te prie donc de ficher le camp immédiatement.

Je fichai le camp immédiatement.

Je rentrai au campement où je bus beaucoup plus de cognac que de raison pour un homme à jeun.

Une demi-heure plus tard, Vic revint avec les deux sacoches de serpents.

— Dix tigres et un *king brown* à couronne, m'annonça-t-il gaiement. Quelle prise remarquable !

« Tu te sens mieux ? ajouta-t-il gentiment.

En revenant à Sydney, il se tourna vers moi et dit :

— Ne t'inquiète pas du petit incident, là-bas. Je le raconterai à personne.

C'était un brave type, Vic, à sa manière.

Mort-Blanche

Le tournevis est l'instrument de crime favori dans les mines d'opales d'Australie.

Je ne sais pas pourquoi, mais c'est ainsi. Je tiens de source sûre que des gens ont été assassinés à coups de tournevis à Andamooka et Coober Pedy, en Australie-Méridionale, et à White Cliffs et Lightning Ridge, en Nouvelle-Galles du Sud.

Dieu seul sait combien de squelettes lardés de coups de tournevis croupissent au fond des milliers de mines d'opales abandonnées dont regorge le désert.

Dans ces coins-là, l'usage veut que l'on se débarrasse des cadavres en les jetant dans des puits de mine désaffectés. Il s'agit immanquablement de corps d'acheteurs d'opales. Ces derniers viennent dans les régions minières avec des valises pleines à craquer de billets de banque pour acheter les pierres précieuses. Ils doivent certes avoir des raisons parfaitement légales de procéder ainsi, mais ils deviennent les cibles idéales de brandisseurs de tournevis assoiffés d'argent. On ne voit jamais ce genre de choses dans les champs aurifères. Les acheteurs d'or se font descendre avant d'être jetés dans des puits abandonnés. Les traditions ne se perdent pas facilement dans l'outback.

C'est ma crainte des tournevis, voire ma phobie morbide pour ces outils, qui me poussa à m'associer avec Mort-Blanche.

Mort-Blanche était un chien. Enfin, soi-disant. Les spécialistes voyaient en lui un croisement de bull-terrier, de doberman et de dingo. Il avait la couleur d'un bull-terrier aux petits yeux rouges, l'agilité d'un doberman, la ruse d'un dingo et la férocité des trois combinés. Mais il était énorme, si énorme en réalité que je le soupçonnais d'avoir du sang d'une autre espèce, peut-être de rhinocéros.

Mort-Blanche, qu'on surnommait M.-B., appartenait à mon associé dans l'exploitation d'une mine d'opales de Coober Pedy. Quand je parle d'associé, je veux dire que je m'étais engagé à travailler avec un mineur d'opales pendant un mois en échange d'un petit pourcentage de ce qu'on trouvait. Mon partenaire était un chauve de taille moyenne, au corps noueux, avec de féroces petites moustaches rousses et des yeux roses comme ceux de M.-B. Il s'appelait Bucko. Un seul nom, Bucko tout court. On ne s'encombre pas de noms de famille à Coober Pedy.

M.-B. était le chien de garde de Bucko. Il était parfaitement dressé. Si Bucko ordonnait à M.-B. d'aller chercher une poutre métallique de cinquante kilos dans un camion et de l'apporter au puits de mine, le chien s'acquittait de sa tâche avec une facilité déconcertante. Si Bucko lui disait de mettre en lambeaux le pneu d'une voiture abandonnée, M.-B. obéissait nonchalamment.

Une fois, à titre de démonstration, il ordonna à M.-B. de me terrasser. M.-B. bondit sur moi, renversa mes cent kilogrammes de chair flasque sur le dos, se posta sur mon ventre et fixa ma gorge en grognant. J'aurais hurlé d'effroi si le poids de la bête ne m'avait pas complètement coupé le souffle.

— Si j'ordonnais qu'il te « T », « U », « E », il t'arracherait la tête, m'expliqua tranquillement Bucko.

J'étais soulagé qu'il ait eu la prévoyance d'épeler « tue ».

Comme j'étais souvent seul à la mine, Bucko m'expliqua comment m'y prendre avec M.-B. Quelques simples commandes suffisaient à lui faire faire la plupart des choses que Bucko lui avait apprises.

— Une seule chose, m'avertit Bucko, ne prononce jamais le mot « tue » en sa présence, à moins, bien sûr (ajouta-t-il tranquillement), que tu veuilles qu'il tue celui qu'il regarde.

Prouver cette théorie ne prit pas longtemps. Bucko et moi étions assis devant le puits avec une bouteille de whisky. On avait presque fini la bouteille et j'ai tendu la main vers elle en disant :

— Allez, buvons le verre qui tue.

Avant que ma main touche la bouteille, les redoutables mâchoires de M.-B. l'avaient saisie et réduite en éclats de verre. M.-B. en recracha quelques-uns, sembla avaler les autres et s'assit en attendant de nouvelles instructions. Après ça, je fis très attention à mon utilisation du mot « tue ».

J'habitais chez Bucko. Comme la plupart des maisons de Coober Pedy, la sienne était troglodyte. Il avait creusé plusieurs pièces dans le flanc d'une petite butte. On ne pouvait entrer que par la porte de devant. Il n'y avait aucune fenêtre; l'air et le peu de lumière qui parvenait à filtrer descendaient par un puits qui reliait le sommet de la butte à la cuisine. La maison était fraîche, confortable et paisible.

Une après-midi, après vingt jours d'exploration infructueuse, je me trouvais seul dans la pièce principale et lisais un article du journal local sur les derniers meurtres au tournevis. Un Yougoslave, qui transportait apparemment cent mille dollars en espèces, avait été trouvé dans sa voiture un tournevis en travers de la gorge et son cash disparu. Cet extrait de presse à sensation avait ravivé toutes mes craintes et mes obsessions à propos des tournevis.

Puis Bucko est rentré, l'air plutôt nerveux, une grosse valise à la main.

— Tiens, me dit-il en jetant la valise dans un coin. Tu peux la surveiller, s'il te plaît? Faut que je me dépêche.

J'ai horreur de « surveiller » les affaires des autres à Coober Pedy.

— Qu'est-ce que c'est?

— Un peu de liquide dont je dois m'occuper pour un type, me répondit-il.

On – mais pas moi – s'« occupe » beaucoup de liquide à Coober Pedy.

— Hé ! lui dis-je. Qu'est-ce que tu veux dire par surveiller la valise ?

— Qu'elle soit là quand je reviens, c'est tout, me dit Bucko en se dirigeant vers la porte.

Mon esprit se mit à imaginer d'improbables liens entre le Yougoslave tournevissé et la valise.

— Écoute-moi bien, maintenant, Bucko…

— T'en fais pas. Je vais laisser M.-B. dehors. T'as rien à craindre.

Et il s'empressa de partir en fermant la porte.

Sceptique, j'entrepris de relire l'article sur le meurtre et le vol, ignorant de mon mieux la valise. Je finis par réussir à me convaincre que j'étais inutilement nerveux.

Jusqu'à ce qu'on frappe à la porte et que je fasse un bond d'environ un mètre.

Quand mon cœur cessa de battre à tout rompre, je m'ordonnai de ne pas être ridicule. Des gens passaient sans arrêt boire un coup chez Bucko.

Un autre coup à la porte me décida à aller ouvrir d'un pas assuré.

Se découpant sur le soleil aveuglant de fin d'après-midi se trouvait un homme grand, la mine patibulaire, un tournevis à la main.

Je ne suis guère vaillant. Je fis demi-tour et m'enfuis en courant et en hurlant.

Réaction complètement absurde car la porte de devant était le seul moyen de sortir de cette tombe souterraine.

Comme il était hors de question que je m'arrête et me retrouve nez à nez avec ce tournevis, je continuai de courir. En deux secondes, je me retrouvai au bout de la course : dans la cuisine.

Je claquai la porte derrière moi et appuyai tout mon poids contre elle, sans cesser de hurler.

Quelqu'un se mit à frapper à la porte en me parlant avec un fort accent étranger, mais je n'entendais pas grand-chose à travers mes cris.

Puis, dans mon état de panique avancé, je me rendis compte que je me tenais sous la lumière du jour qui descendait du puits creusé en angle. Un homme assez désespéré pouvait l'escalader. Dans mon dos, la porte se remit à vibrer. J'étais assez désespéré.

Je m'éloignai de la porte d'un bond, grimpai sur une chaise, me jetai dans le puits d'aération et me mis à le remonter en rampant. C'était raide, mais réalisable ; je repris espoir.

Puis je me retrouvai coincé.

Je ne suis pas mince. Contrairement à moi, le puits se rétrécissait en son milieu.

J'étais vraiment coincé.

Je me mis à hurler à l'aide. Au-dessous de moi, l'homme au tournevis criait, mais mon corps bloqué étouffait les sons et mes propres cris étaient assourdissants.

Vint alors l'horreur ultime. Deux mains me saisirent par les chevilles et commencèrent à me tirer vers le bas.

J'étais solidement bloqué et ne cédai pas facilement, mais mon corps descendait petit à petit. Je coinçai mes coudes dans les parois du passage et criai de plus belle.

Une ombre passa sur le puits. J'aperçus le regard furieux de M.-B. qui se demandait ce qui arrivait.

Inspiration !

— M.-B., M.-B., criai-je. Tue, allez, vas-y, tue, pour l'amour du ciel, tue !

Le visage du chien changea. Un éclat traversa ses énormes et atroces crocs. Il poussa un grondement redoutable en retroussant les babines.

Il serra les épaules et se mit à descendre pour tuer ce qu'il était en train de voir : moi !

Je sus alors que la mort m'attendait aux deux extrémités du puits.

Deux mains meurtrières me tiraient vers le bas où elles pourraient me tournevisser à loisir. Le grand frère du chien des Baskerville s'approchait à coups de griffe et s'apprêtait à me rogner la tête.

J'étais loin d'être heureux.

Pris d'épouvante, je me résignai et arrêtai de lutter.

Les mains sur les chevilles tirèrent plus fort. Je glissai dans le puits et tombai sur le ventre, les yeux fermés. M.-B. m'atterrit sur le dos et son grondement me glaça le sang.

J'attendis que les crocs s'enfoncent et que le tournevis me poignarde.

— Ça suffit, M.-B. ! dit Bucko.

Je tournai la tête et entrouvris un œil.

Je vis Bucko et l'homme armé d'un tournevis.

— Qu'est-ce que c'est que ce bordel ? demanda Bucko, mais, se rappelant qu'il n'est pas de bon ton de s'interroger sur les comportements excentriques à Coober Pedy, il se reprit et désigna l'homme au tournevis.

— C'est Bob, dit-il. Il est venu réparer la cuisinière.

Je me relevai et lui serrai la main.

Bob me jeta un drôle de regard mais respecta le protocole de Coober Pedy et ne posa aucune question. M.-B. avait l'air frustré mais résigné.

Je m'éclipsai au pub pour y boire un whisky.

Coober Pedy n'était pas une ville à mon goût. Je filai le lendemain.

Qui veut acheter une grenade ?

Peu de situations sont aussi déconcertantes que se retrouver avec un homme qui dégoupille une grenade, puis reste planté à côté de vous cette saleté à la main.

Ces événements se produisent dans de rares endroits, mais Port Hedland, dans le nord de l'Australie-Occidentale, en est un. C'est une de ces villes portuaires où tout le monde semble sortir soit d'une vilaine échauffourée dans un bar (car c'est le cas), soit d'une mine de sel (car l'exploitation de sel est l'industrie principale). On ne fait que passer à Port Hedland et uniquement si l'on doit se rendre de Perth à Darwin.

J'étais dans un bar de la ville – en été, on a le choix entre traîner dans les bars ou mourir d'insolation – quand un homme entra avec une caisse pleine de grenades.

Très grand, la trentaine, l'homme avait une allure imposante. Son visage semblait taillé dans du bois dur et en avait à peu près la couleur. Sous ses longs cheveux bruns frisés, il avait le regard fou du Nord-Australien moyen. Il portait une chemise kaki, l'incontournable jean, et marchait pieds nus – des pieds gigantesques.

Il posa la caisse sur le comptoir à côté de moi et vociféra :

— Qui veut acheter une grenade à main ?

Le flegme et l'inertie des résidents du Nord sont tels que la vingtaine d'hommes regroupés dans le bar ne lui accorda pas la moindre attention. Sauf moi. Je me levai et me dirigeai vers la porte.

Le vendeur de grenades me retint par le bras avec une forte poigne : un homme moins corpulent et plus musclé que moi ne s'en serait pas aisément dégagé.

— Tu veux acheter une grenade à main, mon pote ?

Je tiraillai faiblement sur l'énorme patte brune qui coupait la circulation dans mon bras droit. Avec l'étrange recul qui accompagne les moments de crise, je remarquai qu'il avait la main la plus grande que je n'avais jamais vue : de la taille d'une poêle à frire moyenne.

— Non merci, pas aujourd'hui, répondis-je avec humilité et politesse.

Par principe, je reste toujours humble et poli en présence de fous furieux du Nord.

— C'est une sacrée bonne affaire, insista-t-il tout en ouvrant la caisse de sa main libre pour en sortir une grenade.

Il me brandit un objet bosselé vert olive sous le nez.

— Regarde-moi ça. Une suffit pour te faire un croco, une seule : c'est bien moins cher que des munitions.

Je compris que je pouvais tuer un crocodile de manière plus économique avec une grenade qu'avec un fusil.

— Je ne veux pas de croco, répondis-je poliment et humblement.

— La peau de croco vaut dans les mille dollars, renvoya-t-il. Ça t'intéresse peut-être pas de te faire mille billets avec une grenade qui coûte seulement dix dollars ?

Je commis alors ma première erreur.

— Le crocodile est une espèce protégée, dis-je. Il est interdit d'en tuer.

Le visage buriné et basané se baissa sur moi. D'abord totalement inexpressif, il traduisit successivement une incompréhension totale, un début d'entendement, un ahurissement, une accusation, et s'acheva par de la rage pure et simple.

— Espèce de saloperie de vert ! lança-t-il.

Le mot « vert » était l'épithète la plus infamante à traverser ses lèvres plissées de dégoût.

— Mais non, voyons, pas du tout, répondis-je.

En Australie, dès qu'on sort des grandes villes, être « vert » ou afficher la moindre tendance écologiste équivaut à vouloir se faire assommer par les autochtones.

Le barman servit alors une bière à l'homme à la grenade. C'était un type énorme, ce serveur. Il illustrait le mélange des nombreuses races qui étaient passées par le Nord, en cherchant fortune sans la trouver, au cours des deux derniers siècles. Il était encore plus grand que le grenadier, deux fois plus large d'épaules et il affichait une panse cinq fois plus développée. Sous ses cheveux blonds et fins qui lui arrivaient aux épaules il avait la peau bleu-noir d'un véritable Africain et les yeux bridés. Il tenait deux verres de bière à la main. Il en donna un à l'homme-grenade et garda le deuxième dans sa main gauche, pour un autre client.

— Où t'as eu ces grenades, Rick ? demanda-t-il sur le ton de la conversation.

L'homme régla la bière de sa main libre, la but et en commanda une autre avant de répondre :

— Elles sont tombées d'un camion de l'armée.

Le barman prit une grenade dans la caisse et l'examina. J'essayai de me libérer de l'emprise de Rick. Il semblait m'avoir oublié, mais sa main restait serrée sur mon bras, à la manière d'un piège à ours.

— Bon, ben je crois que je vais y aller, dis-je en tentant de desserrer ses doigts, ce qui eut à peu près autant d'effet que d'essayer de déjanter une roue à mains nues.

Le serveur laissa tomber la grenade dans la boîte. Je grimaçai, même si, naturellement, les grenades n'explosent que si l'on retire la goupille.

Avec un sourire condescendant, le barman décréta :

— Tu parles, c'est des reliques de la Seconde Guerre mondiale. Je parie que tu les as déterrées on ne sait où, ces grenades. En tout cas, elles risquent pas d'exploser.

Rick posa sa grenade sur le comptoir.

— Tu crois ça, toi ? demanda-t-il d'un ton dangereux.

— J'en ai vu plein. C'est des grenades d'exercice. Elles sont même pas chargées.

— Tu crois ça, toi ? redemanda Rick.

— Mais je le crois pas, j'en suis sûr, répondit le serveur.

Je tortillai mon bras pour essayer de le dégager de l'emprise de Rick.

— Excusez-moi, dis-je.

— Toi, ta gueule, répondit Rick.

— Mais je veux seulement…

— Ta gueule.

Puis il s'adressa au barman.

— Et tu serais prêt à parier ?

— Bien sûr que je serais prêt à parier.

À ce moment-là, toutes les têtes se tournèrent vers nous. C'est comme ça en Australie du Nord. Un maniaque vient vendre une caisse de grenades dans un bar et personne ne sourcille ; le mot « pari » est lâché et tout le monde est captivé.

Rick examina le serveur, longuement et pensivement.

— Et tu serais prêt à parier combien, mon pote ?

— Ce que tu veux.

— Et si je dis cinq cents ?

— Entendu.

La plupart des autres consommateurs s'étaient approchés et écoutaient attentivement.

— Très bien, dit Rick. On va aller s'en dégoupiller une, et si elle explose tu me devras cinq cents dollars, d'accord ?

— D'accord !

— D'accord !

Ce fut immédiatement le remue-ménage chez les autres consommateurs, qui se lancèrent dans des paris subsidiaires.

— Vingt dollars qu'elle explose pas.

— Je parie cinq contre un qu'elle explose.

— Cinquante dollars de mieux.

Et ainsi de suite.

Ce bar me déplaisait. Je tentai à nouveau de dégager mon bras. En vain. Rick me tenait fermement, même s'il semblait m'avoir complètement oublié.

— Allons-y, alors, dit Rick. Allons régler la question sur le quai.

— Inutile, dit le barman, je suis sûr et certain qu'elle n'explosera pas.

Sur quoi, il prit une grenade dans la caisse et la dégoupilla.

Dans n'importe quel autre endroit du monde, dans de telles circonstances, tous les hommes auraient quitté le bar en hurlant en une fraction de seconde.

Mais ici, ils se rapprochèrent pour voir ce qui allait se passer. Il y avait de l'argent en jeu.

Rick fut le seul à réagir avec vivacité. Sa main libre se projeta sur celle du barman et sur la grenade avant que la cuillère ne soit enlevée.

— Espèce de taré, hurla Rick. Je te dis qu'elle est chargée.

Il était manifestement convaincu. Son visage, que l'on aurait difficilement pu qualifier de pâle, fut soudain moins basané. Sa prise inconsciente sur moi n'avait pas changé. J'avais envie de m'évanouir.

— Chargée mon œil, répondit le serveur avec un sourire dévoilant une dent unique en plein milieu de sa mâchoire supérieure.

— Mon œil, mon cul ! beugla Rick. J'en ai fait exploser deux cette après-midi, je te dis.

— Mon cul ouais. T'as juste peur que je montre à tout le monde que t'es qu'un marchand de ferraille.

— Ça me ferait mal d'être un marchand de ferraille. C'est une grenade chargée !

J'étais le seul à me rendre compte de la sincérité de Rick.

— Dans ce cas, lâche-moi la main et prouve-le, aiguillonna le serveur.

Ces disputes sont typiques du Nord. Dans des circonstances normales, je les trouve effrayantes. Dans ce cas précis, j'étais terrorisé.

Les deux hommes, deux montagnes de force, avaient le bras droit sur le comptoir. L'énorme main de Rick enveloppait presque celle du barman, qui enveloppait complètement la grenade. Ils forçaient automatiquement l'un contre l'autre. La main gauche du serveur tenait toujours un verre de bière plein. La main gauche de Rick me tenait. Moins important.

— Le premier poing sur le comptoir lâche la grenade, proposa le serveur.

Il suggérait une sorte de bras de fer, où l'un des deux hommes devait plaquer l'avant-bras de l'autre sur le comptoir.

— Très bien, aboya Rick.

Dans le Nord, on ne refuse jamais un défi d'ordre physique, car tout le monde se croit invincible.

Les deux hommes exerçaient une force considérable contre l'avant-bras de leur adversaire.

Inexplicablement, plus Rick forçait avec son bras droit, plus il me serrait de sa main gauche. Comme le sang avait depuis longtemps cessé d'irriguer mon bras, je ne ressentais aucune douleur, une simple sensation d'engourdissement. J'aurais sans doute redouté que mon bras se détache de mon corps si je n'avais pas été beaucoup plus préoccupé par un moyen de fuir le bar avant que la grenade n'explose, ce qui ne faisait pas l'ombre d'un doute dans mon esprit.

— Rick, dis-je plaintivement. Tu serais sans doute plus à l'aise si tu me lâchais.

Il m'ignora. Je ne sais même pas s'il m'entendit. Son être entier se concentrait sur le bras de fer. Ses lèvres étaient tirées, ses yeux mi-clos, les muscles de ses joues gonflés et tendus.

Le barman était pareil, sauf que ses yeux étaient naturellement bridés.

Les deux balèzes se mesuraient l'un à l'autre, intensément, de toutes leurs forces.

Le résultat, c'est qu'aucun ne gagnait un centimètre.

Les avant-bras restaient dressés, les mains qui enveloppaient la grenade demeuraient exactement au même endroit. Le double poing frémissait constamment sous la tension, sans amorcer d'autre mouvement.

— Enjeu égal sur Rick, dit quelqu'un.

— D'accord, répondit un autre.

Et le bar tout entier se mit à parier sur le vainqueur du bras de fer.

— Écoutez, beuglai-je, si cette grenade explose, on va tous y passer.

C'était une évidence. Nous étions regroupés si près de la grenade que l'explosion nous aurait tous massacrés.

On ne m'accorda pas la moindre attention, à part deux ou trois types qui me jetèrent un coup d'œil avec un grognement de mépris : j'étais manifestement un vulgaire étranger qui ne pensait qu'à sauver sa peau au détriment de considérations spirituelles bien supérieures.

Rick et le barman maintinrent leur pose de gladiateurs cinq minutes de plus sans émettre un son ni bouger d'un poil.

Les paris cessèrent et un silence profond s'installa, brisé seulement par le souffle profond et sifflant des deux adversaires.

Dix minutes plus tard, il n'y avait toujours pas le moindre changement. Ils étaient véritablement de force égale. La sueur qui dégoulinait de leurs visages formait des petites flaques sur le comptoir.

Je calculai que si j'arrivais à déranger Rick, même brièvement, je parviendrais peut-être à lui faire relâcher son emprise, ce qui me donnerait le temps de me carapater.

Son pied nu, le gauche, était étalé près de moi, et je fis alors ce que je n'aurais jamais osé faire dans des circonstances normales. Je levai le talon de ma grosse botte et l'écrasai de toutes mes forces sur ses gros orteils crasseux. Je ne suis pas léger, certains me considèrent en surpoids, et des orteils normaux soumis à un tel assaut se seraient douloureusement écrabouillés en un tas d'os et de chair broyés. Mais dans ce cas précis, je ressentis une vive douleur à la cheville, comme si j'avais flanqué un coup de pied dans une barre de fer. Rick ne s'en rendit même pas compte.

J'essayai donc de m'évanouir. Je relaxai mon quintal de chair sans muscles et tentai de m'effondrer. Mais je ne bougeai pas d'un centimètre. L'emprise de Rick était telle que je ne pouvais même pas tomber.

— Au secours ! gueulai-je, pris de panique.

— Chut ! me réprimandèrent en chœur une demi-douzaine d'hommes.

Vingt minutes s'étaient écoulées depuis le début de la lutte mortelle. Puis le barman bougea enfin. Il porta le verre de bière de sa main gauche à sa bouche et le but d'un trait.

L'expression du visage tendu de Rick se modifia très légèrement, mais je reconnus l'émotion : une envie de bière absolue et incontrôlable. Je compris comment m'en sortir.

— Rick, lui dis-je bien fort. Je vais aller te chercher un verre.

La main qui me pinçait le bras se relâcha immédiatement et je me dégageai.

Je me tournai, fonçai vers la porte et buttai la tête la première sur un mur solide d'hommes costauds, musclés et puants.

— Laissez-moi passer, bêlai-je, en griffant et grattant.

Un des hommes me regarda de haut – ils semblaient tous me regarder de haut, dans ce bar – et grogna :

— Va lui chercher sa bière.

C'était absurde, mais c'était ainsi.

Je me retournai et essayai de foncer dans une autre section de la foule, mais un mur de quatre hommes isolait les lutteurs et ils n'étaient pas près de bouger.

L'idée de la bière avait toutefois pénétré la tête de Rick : il se tourna brusquement et, je pense, me chercha du regard.

Le visage du barman se contracta, les muscles de ses épaules se raidirent et il épuisa la dernière fraction de sa force considérable sur l'avant-bras de Rick.

La distraction, aussi légère fut-elle, suffit à achever Rick. Il perdit un peu de terrain, son bras s'abattit en formant un angle de soixante-quinze degrés et continua de descendre. Doucement, lentement, mais inexorablement. Son bras vibrait et il avait beau mettre toutes ses forces à le redresser, il était refait. La foule poussa un sourd grognement d'anticipation, et soudain les forces de Rick l'abandonnèrent et son bras s'abattit sur le comptoir. Son poing s'ouvrit d'un coup et le barman brandit la grenade, la main toujours sur la cuillère, avec une grimace triomphale.

— Et maintenant, on va bien voir, dit-il en lançant la grenade à mes pieds.

Le système de retardement d'une grenade dure environ quatre secondes après l'éjection de la cuillère.

Si la grenade était chargée, nous n'avions tous plus que quatre secondes à vivre. Moi y compris.

Je ne sais pas exactement comment je réussis à traverser la foule de badauds. Il me semble avoir escaladé leurs corps et couru sur leurs épaules ; j'arrivai à la porte d'entrée et me jetai dans la lumière brûlante et saisissante du soleil.

Je me tapis sur le trottoir, sous la vitre d'une fenêtre du bar, et attendis l'explosion.

La fenêtre vola en éclats et la grenade m'atterrit sur le torse. Quelqu'un, à l'intérieur, avait dû faiblir et l'avait lancée.

Combien de secondes restait-il ?

Je couinai et plongeai une nouvelle fois, à l'intérieur du bar.

La grenade produisit une détonation aiguë. Le choc me propulsa aux pieds du groupe d'hommes et des éclats de métal anéantirent toutes les fenêtres du bar.

Les morceaux de verre furent projetés en l'air sans blesser personne : ils se coincèrent dans le plafond et retombèrent en une douce averse de petits morceaux. Les hommes s'époussetèrent les épaules en mettant la main à la poche pour régler leurs paris.

Tout fut payé de suite, en liquide. Le barman versa sa part en puisant dans la caisse.

Rick empocha ses cinq cents dollars et commanda une tournée générale.

— Et maintenant, dit-il d'une voix forte, tandis que le barman remplissait les verres, qui veut acheter une grenade à main ?

Deux ou trois hommes s'approchèrent, l'air intéressé, les pieds crissant sur les débris de verre qui formaient un tapis dans tout le bar.

Je partis en catimini à la recherche d'un autre pub.

Espèce dangereuse

Si l'on se méfie des situations étranges et qu'on les esquive soigneusement, on peut généralement éviter les ennuis. Ma grande expérience m'a enseigné que, confronté à une situation ou à une personne insolites, je devais tout abandonner et partir en courant. Malheureusement, ce n'est pas toujours possible. J'aurais dû courir, mais ne le pouvais pas, quand Charles Green m'a sauvé de mort par inanition dans la région des Kimberley, dans le nord de l'Australie.

Une panne grave avait immobilisé mon combi sur la piste de la Gibb River, qui traverse le centre des Kimberley, et j'y étais bloqué depuis cinq jours quand Charles arriva.

Je lui donnai environ dix-neuf ans, mais il se révéla avoir dépassé la trentaine. Beau gars, mince, il conduisait un fourgon pick-up d'aspect professionnel qui tractait une longue remorque et une cage en acier.

Il s'arrêta quand je fis signe, comme tout le monde le fait dans ces coins reculés (quand monde il y a), et, d'une voix agréable et éduquée, il m'interrogea sur la nature de mon problème.

Sa question était si différente des échanges nasaux habituels de l'outback («'jour », « chaud, hein ? » ou « bon, ben ») que je devins immédiatement méfiant. Puis il se présenta : Charles Green. Mon inquiétude empira. Personne ne s'appelle « Charles » là-bas. Chuck, Charlie, Chicka, d'accord, mais jamais Charles.

Il passa une main polie par la manucure dans ses cheveux mi-longs, blonds et soigneusement coupés, puis examina pensivement les entrailles de mon véhicule après que j'eus épuisé toutes mes connaissances techniques en lui relatant mon incident : je roulais, le moteur avait soudain fait un bang sourd et s'était arrêté net.

Je profitai que Charles avait la tête baissée pour regarder son véhicule de plus près : je m'aperçus que la cage contenait un kangourou mort et un crocodile vivant, d'environ deux mètres de long.

Je suis par nature très soucieux. Un kangourou mort et un crocodile en cage n'avaient rien de particulièrement alarmant, pas dans ce coin du monde où les excentricités les plus incroyables sont la norme. Mais un kangourou, un crocodile et un jeune homme propre, élégant, qui s'exprimait avec aisance et se faisait appeler Charles : cette combinaison me terrifia. En plus de cela, il était bien habillé, avec une chemise fraîchement repassée, un pantalon et des bottes cirées. On ne croise jamais ce genre de spécimen dans les Kimberley.

J'avais manifestement affaire, pour reprendre un terme du dialecte local, à un dingue foldingue de Dingoland. Pas seulement un fou, mais probablement un fou dangereux.

Il est sans doute difficile de comprendre tout ça sans être un broussard averti. Vous devez réaliser que croiser un sympathique jeune homme d'aspect ordinaire dans ce coin d'Australie est aussi improbable et déroutant que de tomber à Sydney sur un mineur d'opales gueulard et enragé qui souffre simultanément d'insolation et de delirium tremens. Ajoutez un kangourou mort et un crocodile, et vous aurez peut-être une petite idée de mon niveau d'inquiétude : c'était l'insolite poussé à l'extrême. Mais j'étais impuissant. Il pouvait s'écouler plusieurs jours, voire plusieurs semaines, avant qu'une autre personne ne passe par là.

Après avoir trifouillé mon combi pendant cinq minutes, Charles m'annonça d'un ton expert qu'après avoir perdu toute son huile par une fente dans le carter, le moteur avait surchauffé et s'était soudé en un bloc. Comme nous étions à cinq cents kilomètres de Derby, la ville la plus proche à l'ouest, comme de Kununurra, à l'est, je n'avais pas d'autre choix que d'abandonner le véhicule. Faire apporter sur place un moteur neuf coûterait bien plus que ne valait le combi et il était hors de question de le remorquer sur cette piste cahoteuse pleine de cailloux instables et de tourbières.

Il offrit alors gracieusement (autre signe d'anormalité) de me ramener à Kununurra. Mes antennes s'affolaient, mais je ne voyais aucune alternative. Nous chargeâmes mes quelques effets dans son véhicule (j'évitai soigneusement de mentionner l'étrange cargaison à l'arrière) et nous partîmes vers l'est.

Naturellement, il me raconta tout. C'était un universitaire (espèce redoutable) rattaché à l'université Monash, qui effectuait un doctorat sur les crocodiles et avait donc la permission de les attraper. Il ramenait le reptile derrière nous à Darwin car il voulait étudier le comportement du crocodile sauvage lors de ses premières semaines de captivité.

Jusque-là, pas de problème. J'attendis nerveusement l'embrouille. Elle ne tarda guère.

— Je dois m'arrêter à la Gibb River pour en attraper un autre, me dit-il. Je ne devrais pas en avoir pour longtemps. D'ailleurs, tu trouveras sans doute cela divertissant.

J'eus envie de sauter du véhicule en marche et de prendre mes jambes à mon cou, mais où aller ?... Car, voyez-vous, je connais les crocodiles. J'ai eu deux occasions de les côtoyer dans le passé, et elles furent toutes deux malencontreuses[1]. Les crocodiles sont indéniablement des créatures intéressantes dans leur habitat, à condition que cet habitat soit le plus loin possible de moi.

Charles m'expliqua comment attraper un crocodile. Ça paraissait simple comme tout. On prépare un appât, tel que le kangourou qu'il avait trouvé

1. Voir « La vie sexuelle des crocodiles » et « Quelques spécimens intéressants », *Le Koala tueur, op. cit.*

mort au bord de la route. Devant cet appât on dissimule une corde, qui se termine d'un côté par un nœud coulant et de l'autre par un tronc bien lourd en équilibre sur un arbre. On jette la corde pardessus une solide branche, à environ trois mètres du sol. Le crocodile passe la tête dans le nœud pour manger l'appât. Quand il se retire, le nœud se resserre et, inquiet, le crocodile essaie de prendre la fuite. Ce qui fait descendre le tronc, dont le poids soulève le crocodile.

On profite de ce que la bête, qui pendouille, soit incapable de nuire pour la ligoter. Fermer les mâchoires claquantes d'un crocodile furieux est un jeu d'enfant, m'expliqua Charles. Il suffit, là aussi, de les passer dans un nœud coulant et de le resserrer.

— Tant que c'est toi qui t'en occupes, Charles, et pas moi, marmonnai-je.

— Je te demande pardon ? fit-il poliment.

— Rien, Charles, rien.

Je gémis intérieurement. J'étais incapable de prévoir ce qui allait se passer, mais j'étais certain que quelque chose allait foirer, comme d'habitude.

Je parvins toutefois à me convaincre que je pourrais rester confortablement assis dans la cabine pendant qu'il s'occuperait de tout, ne m'aventurant à l'extérieur que lorsque le crocodile serait solidement saucissonné.

Nous finîmes par arriver à la rivière, à environ deux cents kilomètres de Kununurra.

— Ça m'étonnerait qu'on en trouve cette après-midi, estima Charles. C'est possible, mais improbable, on va sans doute devoir camper ici.

— Il est généralement peu recommandé de camper en territoire crocodile, c'est très imprudent, signalai-je avec emphase.

— Seigneur, s'esclaffa Charles. Ce ne sont que des crocodiles d'eau douce, comme celui dans la cage. Ils ne sont pas dangereux.

Il prépara son piège, fit tenir le nœud coulant à l'aide de quelques bâtonnets, passa la corde dans la fourche d'un arbre et attacha le bout à un énorme tronc que nous avons hissé et placé en équilibre précaire contre l'arbre.

Je l'aidai aussi à sortir la carcasse de kangourou de la cage. Ce qui me rapprocha plus que je ne l'aurais aimé du crocodile, mais c'était une bête maigrichonne au museau tout fin qui ne paraissait guère menaçante. En fait, me dis-je, si c'est tout ce que j'avais à faire, j'irais jusqu'à l'aider à ligoter le prochain animal, à condition que le nœud lui tienne la gueule fermement muselée.

Après avoir placé le kangourou, nous prîmes un peu de recul pour admirer notre installation.

Le piège était sur le sable, à une dizaine de mètres de la berge de la rivière, juste en lisière de forêt. La rivière formait un superbe méandre vert au creux de gorges rouges et ocre, sous un ciel effrontément bleu, tropical, qui cimentait le charmant paysage.

Puis un crocodile chargea.

Il fusa hors de l'eau comme une torpille dans un énorme éclaboussement et se précipita sur nous à la vitesse d'un cheval au galop.

Et il ne s'agissait pas d'un inoffensif crocodile d'eau douce. C'était un gigantesque crocodile d'estuaire assoiffé de sang qui faisait une dizaine de mètres de long, avec des mâchoires infernales aux crocs pointus et un corps de la taille d'un bœuf.

Je n'ai rien d'un sportif et l'idée de courir ne me traverse jamais l'esprit dans des circonstances normales. Dans ces circonstances-là, n'importe quel athlète olympique aurait fait figure d'escargot à côté de moi. Terrifié, je couvris la cinquantaine de mètres qui me séparait du véhicule en cinq ou six bonds – c'est en tout cas l'impression que j'ai eue – et je fus légèrement surpris de voir que Charles m'avait coiffé au poteau.

Haletant violemment à l'unisson, nous observâmes la scène à travers le pare-brise. Contrairement à ce que nous avions tous les deux craint, le crocodile ne nous avait pas poursuivis. Il s'était arrêté au kangourou qu'il reniflait tranquillement.

Par-dessus le marché, il avait passé la tête et les pattes de devant à travers le nœud coulant.

— Diantre ! s'exclame Charles. On le tient !

— Hein ?

— On le tient. Qu'il bouge dans un sens ou dans l'autre, le nœud va se resserrer. Il est pris au piège.

— Mais qu'est-ce que tu veux en foutre ?

— Le ligoter, bien sûr, et l'amener à Darwin. Je crois que je n'ai jamais vu un crocodile aussi gros. Il doit être centenaire ou plus. Quel spécimen unique. Il me le faut absolument.

L'énorme crocodile gris, considérablement dangereux, flairait la carcasse de kangourou.

Le ligoter ? Ce barjot se croyait-il capable de ligoter ce monstre seul ? Bien sûr que non. Il comptait sur mon aide.

— Écoute, l'ami, lui dis-je d'un ton sans appel, même si tu parvenais à ligoter cet animal – ce qui est impossible – il faudrait ensuite le hisser dans le pick-up – ce qui est tout aussi impossible. Il pèse des tonnes et, de toute façon, il est trois fois plus grand que ton maudit véhicule, ce qui rend l'affaire d'autant plus impossible.

— Rien n'est impossible, haleta Charles, un éclat de folie universitaire dans les yeux. Je ramènerai cette créature à Darwin.

— Mon cher camarade, me mis-je à baragouiner, il te faudra d'abord un monte-charge et un camion de dix tonnes.

— Je les obtiendrai. On va le ligoter et tu le surveilleras pendant que j'irai chercher un monte-charge et un camion à Kununurra. Je serai de retour ici demain à l'aube et je ramènerai cette bête à Darwin demain soir.

« On va le ligoter… » « Tu le surveilleras… » Les mots transperçaient mon cerveau apeuré comme des lances enflammées.

— Charles, je crois qu'il est temps que je t'explique une chose…, commençai-je.

— Regarde, lança Charles. Il bouge !

Le crocodile ouvrit les mâchoires et les referma sur le kangourou. C'était une belle bête, mais le crocodile réussit à le fourrer presque en entier dans sa mâchoire avant de repartir lentement et à reculons dans la rivière. Le nœud se resserra. Le crocodile continua de reculer. La corde se tendit. Le crocodile poursuivit et le tronc – qui devait peser deux bonnes tonnes – bascula. Il aurait dû s'étaler et hisser le crocodile en l'air. Au lieu de ça, il s'éleva. Le crocodile se tourna vers l'eau et continua de progresser. Le tronc monta jusqu'à la branche, passa par-dessus et retomba par terre, de l'autre côté. Le crocodile ne s'aperçut même pas du piège. Il poursuivit sa descente dans la rivière en traînant le tronc.

— Dieu du ciel, quel monstre admirable ! s'extasia Charles. Mais on doit le retenir.

Sur quoi, il démarra et dirigea le véhicule à toute vitesse sur le crocodile.

— Mais qu'est-ce que tu fous ?

— Il faut que je l'arrête !

Il passa entre le crocodile et le tronc et freina subitement, en plein sur la corde. Le crocodile continua à traîner le kangourou vers l'eau, tirant la corde sous notre véhicule et le tronc dans notre direction. En quelques secondes, le tronc se trouva bloqué en travers du fourgon, contre nos roues, avant et arrière.

Trois choses auraient alors pu arriver : la corde aurait pu se rompre, le crocodile aurait pu traîner le véhicule et le tronc dans l'eau, ou le crocodile aurait pu s'arrêter net.

Voici ce qui se passa : le crocodile s'arrêta d'un coup, attendit trois secondes environ, puis tira avec une telle force que le véhicule vibra comme s'il était en proie à un tremblement de terre. L'animal fit ensuite demi-tour, lâcha le kangourou et nous fonça dessus en poussant un vagissement aussi furieux qu'épouvantable.

Rien n'est plus terrifiant qu'un vagissement de crocodile exaspéré. On croirait entendre un marteau-piqueur mélangé aux styles les plus extrêmes de musique pop, sur fond de violent trouble intestinal de dinosaure.

Cette masse violente, primitive, énorme et meurtrière qui se précipitait sur moi en poussant cet atroce bruit de gorge était plus que je ne pouvais en supporter. Que faire face à l'insupportable ?

Je hurlai d'effroi et tentai de prendre le contrôle du véhicule pour m'enfuir à toute vitesse. Mais il n'est guère possible d'y parvenir si l'on est à la place du passager et que le chauffeur n'est pas d'accord.

— Il ne peut rien nous faire tant qu'on reste à l'intérieur, hurla Charles en m'enlevant le levier de vitesse et le volant des mains.

Je n'en étais pas si sûr. Le crocodile était assez gigantesque pour avaler le véhicule, Charles et moi, sans bégayer, et c'était exactement ce qu'il avait l'intention de faire.

Il heurta le côté du pick-up avec la force de charge d'un troupeau de dix buffles. Le choc était d'une violence inouïe et nous tanguions comme un bateau touché par une mine, mais, bizarrement, le véhicule ne se renversa pas.

Le crocodile tenta une nouvelle fois de repartir dans l'eau, à toute allure, mais il fut arrêté net par la corde. Il se retourna encore et chargea, mais cette fois-ci, vira avant de nous percuter et se mit à rouer le capot de coups de queue. Le métal ployait et se gondolait comme s'il était dynamité sans relâche. Le bruit de cette gigantesque queue, recouverte d'écailles, dure comme de l'acier, sur le capot métallique et les gueulements enragés du crocodile furieux étaient insupportables. Je ne brille pas par mon courage, dans le meilleur des cas. Dans cette situation, où l'on comprendrait que même les braves tremblent, j'en étais réduit à bafouiller et à désirer une mort rapide.

— On pourrait pas partir ? suppliai-je en couinant. Je t'en prie, Charles. Démarre et allons-nous-en !

— Donne-moi quelques minutes de plus, cria-t-il. Je crois qu'il commence à se fatiguer.

Charles, naturellement, était complètement cinglé.

Le crocodile, las de nous asséner de grands coups de queue, décida de nous manger. Il ouvrit ses puissantes mâchoires et arracha le garde-boue gauche. Il le recracha, puis goûta un gros morceau du capot. Je crois qu'il l'avala.

Il fit une petite pause et envisagea la meilleure manière d'atteindre la viande humaine contenue dans la peau de saucisse en métal.

Puis il se jeta sur la roue avant et la serra entre ses mâchoires.

Ce fut notre salut.

Le pneu, transpercé en même temps par une centaine de crocs, explosa comme une bombe dans la gueule du crocodile.

Le monstre resta un moment dressé sur ses pattes arrière, poussa un rugissement, qui, pour la première fois, exprimait de l'angoisse plutôt que de la rage, et se précipita dans l'eau. Si vite que la corde se brisa comme une ficelle. Un énorme plouf et… plus de crocodile.

— Zut alors ! dit Charles. Quel manque de bol !

Je restai à trembler dans le véhicule pendant qu'il changeait la roue et je refusai de lui parler jusqu'à ce que nous soyons à un kilomètre de la rivière.

Il voulait tenter à nouveau le coup, bien sûr, mais je parvins à le persuader qu'il aurait de meilleures chances de réussite s'il allait chercher le monte-charge et le camion à Kununurra. Nous y arrivâmes dans la soirée et je pris le premier avion pour Sydney.

Je n'ai plus jamais entendu parler de Charles, et je ne m'en porte pas plus mal.

Si ça se trouve, il est toujours en train d'essayer de capturer ce monstre. Mais par ailleurs, des reportages ont fait état de plusieurs cas récents de personnes dévorées par des crocodiles, dans le Nord.

Le Vieux Fou de la mer

Je n'aime pas les requins. Ça n'a rien d'exceptionnel, peu de gens les apprécient. Mais chez moi, cette aversion atteint le stade de la phobie. Je ne suis jamais à l'aise dans l'eau car je redoute toujours d'y trouver des requins. Je suis incapable d'apprécier un étang d'eau douce à mille kilomètres de la mer. N'a-t-on pas découvert une espèce de requin d'eau douce en Nouvelle-Guinée ? Pourquoi l'Australie serait-elle épargnée ? Je suis même nerveux dans une piscine intérieure à l'eau fortement chlorée : un plaisantin maniaque est parfaitement capable d'y avoir lâché un requin. Je n'aime pas les promenades de bord de mer par crainte qu'un requin surgisse de l'eau et me happe.

Je redoute que ma phobie empire au point que je devrais soigneusement vérifier l'eau de ma baignoire.

Je souffre manifestement d'une peur qui s'apparente à un trouble psychique. Ça ne me dérange pas outre mesure. Ce qui m'inquiète, en revanche, c'est que le Vieux Fou de la mer ait pu me persuader de l'accompagner à la pêche au requin.

Je l'ai croisé dans un pub de Port Augusta, en Australie du Sud. Il n'y a qu'au pub qu'on fasse des rencontres dans ce genre de ville. Quiconque suscite le moindre intérêt à Port Augusta semble bien plus attrayant qu'il ne l'est en réalité. Je ne veux pas dire que Port Augusta soit un cas particulier. Il s'agit simplement d'un endroit totalement insignifiant où il ne se passe jamais rien d'intéressant.

Alors que je sirotais un gin navrant et cherchais un sujet d'histoire intéressant à Port Augusta, il est somme toute logique que le Vieux Fou de la mer, qui buvait un fluide sombre et épais à côté de moi, m'ait intrigué en me demandant soudain :

— Tu veux venir attraper un requin ?

Comme il est assez naturel de se sentir à l'abri des requins dans un pub de Port Augusta, je ne me suis pas rabougri d'effroi en entendant le mot redouté.

— Pourquoi donc ? lui demandai-je doucement.

— Bois un coup, répondit-il.

— Merci.

— Qu'est-ce que tu prends ? demanda le Vieux Fou de la mer.

Sa voix évoquait des pelletées de charbon sur une grille.

— Un gin tonic.

Son nez tordu et violacé se plissa sous des sourcils broussailleux et blancs.

— Ah !

En dépit d'une désapprobation évidente, il lança au barman :

— Un gin tonic pour mon pote, et pour moi, la même chose.

Nous nous sommes présentés en attendant nos verres. Il s'appelait Joe. On me servit mon gin tonic et Joe reprit un verre de fluide sombre et épais d'une bouteille carrée qui portait seulement le nom d'*Or bleu* sur l'étiquette.

Joe revint à son sujet.

— T'es bien l'écrivain, non ?

J'avais fait une apparition télévisée sur la chaîne locale pour promouvoir le recueil de mes mésaventures dans l'outback.

— Oui, dis-je, avec un certain orgueil car je suis rarement reconnu.

Je fis semblant de ne pas savoir que Joe m'avait vu à la télé et n'avait pas lu mon livre.

— J'ai bien aimé ton livre, dit-il (me prouvant ainsi que j'avais tort). Mais c'est un ramassis de foutaises.

— Ah bon, dis-je sans m'engager.

Habitué à ce qu'on doute de la véracité de mes histoires, je ne m'en offusque plus.

— Je me suis dit que ça t'intéresserait peut-être de voir un peu d'action. De la vraie.

Loin de moi cette pensée ! J'abhorre l'action. Mon souci a toujours été d'éviter l'action, pas de la rechercher, même si je ne l'admets jamais.

— Ah bon, répondis-je avec éloquence et modestie.

Il plongea le nez dans son verre. Je remarquai qu'une mèche de ses longs cheveux blancs avait suivi son nez. Elle ressortit marron.

— Je vais pêcher un requin ce matin et, si t'as rien de mieux à faire, tu peux m'accompagner.

Des dizaines de choses « mieux à faire » défilèrent dans mon esprit. Que suggérait donc ce personnage saugrenu ? Son grand corps musclé, ses mains rêches et tannées et ses yeux de rêveur fou m'indiquaient qu'il était du genre à se jeter à l'eau et à étrangler des requins, en dépit des soixante-dix ans que je lui attribuais.

— Bois un autre verre, dis-je avec ruse.

— La même chose, Betty !

Je crois que c'est là que les choses ont mal tourné. Betty, la serveuse, une grosse femme d'aspect féroce, versa deux verres d'*Or bleu*. Joe s'aperçut de son erreur et me dit :

— Goûte donc, ça va te plaire.

Je le bus. Pour comprendre pourquoi, il faut savoir que l'Australien authentique est animé d'une étrange passion pour l'alcool. L'idée de demander « C'est quoi ce truc, exactement ? », ou de dire « Excusez-moi, mademoiselle, je voulais un gin tonic », ou encore « Je ne bois rien sans savoir ce que c'est » aurait constitué une aberration sociale. Elle était même carrément dangereuse.

De fait, l'*Or bleu* s'avéra très agréable. Ou tout au moins il avait des effets très plaisants. Dès qu'il me tomba sur l'estomac, la vie me parut entièrement raisonnable et acceptable, dans tous ses aspects.

La mort, la maladie, les séismes, les indigestions et mon mal de dos, qui d'ordinaire accaparent mes pensées plus que de raison, s'inscrivirent dans une progression claire et nette de logique cosmique.

Tout comme ce vieux fou qui me proposait d'aller à la pêche au requin. Naturellement, il pouvait compter sur moi.

La méthode de Joe pour attraper les requins était simple. Il disposait d'un gros baril en métal, ce qu'on appelait dans le temps un baril de quarante-quatre gallons. Il y attachait un câble métallique d'environ quatre mètres de long, de l'épaisseur d'un pouce. Il avait placé un énorme hameçon au bout du câble. L'appât était une demi-chèvre, ce qui n'était pas beau à voir.

Le baril était relié au bateau de Joe, une coque ouverte de six mètres, par une quinzaine de mètres de câble supplémentaires.

— Tu vois, m'expliqua Joe tandis que nous foncions au large sous la force d'un hors-bord de cent chevaux-vapeur, c'est le baril qui fait tout le boulot. Aucun requin au monde ne peut le tirer sous la surface de l'eau. Ce qui fait que quand l'animal prend l'appât, il ne lui reste plus qu'à lutter contre le baril jusqu'à ce qu'il soit épuisé. Et nous n'avons alors qu'à attendre et à le ramener au rivage.

— Et ensuite ? demandai-je.

Je restais étrangement calme et confiant. Le vent dans la figure, j'étais assis sur le banc métallique ; la mer calme et bleue défilait à mes côtés sous le doux et apaisant soleil sud-australien.

— Je le vends, dit Joe. On peut tirer deux ou trois cents dollars d'un beau requin. Les marchands de poissons adorent : y a pas d'arêtes.

— Hum, renvoyai-je avec intérêt.

— Bien sûr, faut ramener une bête d'au moins cinq mètres pour en tirer ce prix-là.

L'*Or bleu* se glaça dans mes veines. Cinq mètres ? Notre maudit bateau ne mesurait guère plus. Quel monstre ce maniaque recherchait-il ? Et qu'est-ce que je foutais là, à me diriger vers le large à toute vitesse dans cette coquille de noix pleine d'hameçons et de câbles, avec un baril et une moitié de chèvre ?

Toutes mes craintes innées et parfaitement légitimes s'abattirent sur moi en une bouffée d'effroi.

— Hé ! hurlai-je. Mais ça a l'air dangereux.

— Penses-tu, répondit Joe. Dès qu'il a mordu à l'hameçon, le requin est inoffensif. Le baril l'empêche de faire quoi que ce soit.

— Et avant ? criai-je en me représentant un superrequin qui ne ferait qu'une bouchée du bateau, de Joe, de moi et de la moitié de chèvre.

— Ils ne montent pas dans le bateau, mon pote, renvoya Joe avec mépris.

Je sombrai dans un silence contrarié. Je n'avais pas d'autre choix. Si j'avais eu de l'*Or bleu* sous la main, j'aurais gaiement vidé la bouteille.

Joe finit par couper le moteur. Nous voguions sur une douce houle ; on avait perdu la terre de vue.

— Ça ira, dit-il en jetant la moitié de chèvre, le câble et le baril par-dessus bord.

La chèvre coula et le baril dériva sur quelques mètres à l'arrière du bateau.

— Bon, on va les attirer…, expliqua Joe.

Il sortit un large bidon que je n'avais pas remarqué avant, dévissa le couvercle et jeta à l'eau quelques litres d'un liquide très foncé. Je crus d'abord qu'il s'agissait d'*Or bleu*.

— … avec du sang de bœuf. Ils vont se jeter dessus comme des mouches. Regarde ça !

Je regardai.

En quelques minutes, la surface de l'eau fut striée de motifs réguliers par plus d'une dizaine d'ailerons, signes extérieurs des créatures parmi les plus redoutables au monde. J'admets que les ailerons n'étaient pas énormes. Aucun ne dépassait de plus d'une main au-dessus de la surface et les corps gris, lisses et brillants ne mesuraient pas plus d'un mètre. Mais c'était déjà beaucoup trop grand pour moi. Je me tapis au fond de la coque et fermai les yeux.

— Menu fretin, remarqua Joe. Mais t'en fais pas, les grands vont pas tarder. Garde l'œil sur le baril. Il va se mettre à danser sur l'eau quand un gros bougre l'aura attrapé.

J'ouvris un œil craintif. Calme-toi, me raisonnai-je. Ce type sait ce qu'il fait. Il a l'habitude de pêcher comme ça. Il a raison : tout ce qui peut se passer, c'est qu'un requin (pas trop gros, avec un peu de chance) se fasse attraper, puis s'épuise à essayer de tirer le baril sous l'eau. Et on pourra rentrer à la maison.

Le requin, pensai-je posément, était dans une position bien moins enviable que la mienne. J'observai les ailerons qui s'entrecroisaient frénétiquement dans la tache de sang devenue énorme et m'aperçus qu'il ne me servait à rien d'essayer de penser posément : je n'en étais pas plus rassuré.

J'ouvris les deux yeux et fixai le baril, attendant qu'il s'agite.

Il disparut soudain. Au sein des profondeurs bleues, arraché par une force insurmontable.

— Foutre nom de Dieu ! s'écria Joe.

— Qu'est-ce qui s'est passé ? couinai-je, alors que je ne le savais que trop bien.

— On a dû attraper une baleine ou un truc dans ce genre, bredouilla Joe. Aucun requin ne pourrait enfoncer ce baril.

Il n'aurait pas été particulièrement réconfortant de croire qu'une baleine était reliée à notre embarcation par le cordon ombilical d'un câble métallique, mais je savais que les baleines ne mangeaient pas les moitiés de chèvre. Notre prise était donc un requin de la taille d'une baleine, au moins.

— Qu'est-ce qui se passe maintenant ? couinai-je.

J'ai tendance à couiner dans les moments de grand effroi, et ça m'arrive fréquemment.

— J'en ai pas la moindre idée ! me répondit Joe, ce qui me fut d'une grande utilité.

Il s'assit sur le banc et examina le câble qui plongeait de l'arrière, formant un angle de quarante-cinq degrés.

— J'en ai pas la moindre idée, foutre Dieu ! précisa-t-il.

Le bateau partit soudain rapidement à reculons, en direction du pôle Sud.

— Détache le câble ! beuglai-je.

— Impossible, m'informa tranquillement Joe. Il est soudé.

Pour être soudé, il était soudé. En une boucle passée dans un socle à l'arrière du bateau. Il avait été conçu pour ne jamais céder, et il ne céderait jamais.

Cependant, nous filions vers le sud à une vitesse telle que l'eau menaçait de submerger la poupe.

Joe gardait son regard de fou aux grands yeux verts fixé sur le câble tendu.

— Tu comprends ce qui se passe. Il a réussi à descendre le baril à une dizaine de mètres, mais il ne peut pas aller plus loin : la pression est trop forte. Il doit pas être si énorme.

Pas plus grand qu'un sous-marin moyen, pensai-je.

— On s'en tire bien, ajouta Joe. S'il avait réussi à le plonger un peu plus profondément, il aurait coulé notre bateau.

— Qu'est-ce qu'on fait alors ?

Joe croisa pensivement les bras.

— On va attendre qu'il se fatigue. Puis on mettra le moteur en marche et on essaiera de le remorquer dans l'autre sens.

Et si on n'y arrivait pas ? Continuerait-on la course effrénée vers le pôle Sud ou attendrait-on que le monstre prenne son élan et parvienne à plonger le baril encore plus profondément, avec nous à la traîne ?

— Si on tranchait ce maudit câble ? chevrotai-je.

— Avec quoi ? On a rien.

— Il risque pas de se casser ?

— Aucun risque, répondit Joe fièrement. Mais on va choper ce salopard, t'en fais pas.

— J'ai plutôt l'impression que c'est le salopard qui nous tient, hurlai-je.

Joe me regarda.

— T'es pas inquiet, quand même ?

— Inquiet ? braillai-je. Je suis mort de trouille. Faut que tu me sortes d'ici.

Joe fit une grimace sardonique. « Ces écrivains, semblait-elle dire, tous des mauviettes. »

— D'accord. Voyons voir ce qu'on peut faire avec le moteur.

Cent chevaux-vapeur en action. Joe enclencha la marche avant et l'hélice se mit à batailler contre la force énorme qui nous remorquait. Ce qui n'eut pas le moindre effet. C'était comme si une souris essayait de retenir une corde attachée à un cheval au galop. Notre progression vers le sud n'avait pas été ralentie, elle était simplement plus bruyante.

Joe éteignit le moteur.

— Inutile de gaspiller de l'essence, expliqua-t-il. Attendons qu'il se fatigue.

Il était évident que ce qui nous tirait (quoi que ce fût) ne s'épuiserait pas avant que nous soyons des squelettes ravagés fonçant sur les eaux arctiques dans notre bateau-cercueil à ciel ouvert. Des dizaines de mouettes s'étaient mises à nous tourner autour ; à mes yeux, elles nous guettaient comme autant de petits vautours blancs.

J'avais le regard fixé si fermement sur le câble que je n'avais pas songé à le porter ailleurs, mais, pour une raison étrange, je me surpris à le faire. À moins de cent mètres de moi, un bateau de la police maritime nous rejoignait à vive allure. J'imagine qu'il n'est guère possible de mourir de soulagement et d'espoir, mais c'est ce qui faillit m'arriver.

— Regarde, regarde ! hurlai-je en agrippant le genou de Joe.

Il se retourna et aperçut la vedette.

— Super, dit-il. Ils pourront sans doute nous donner un coup de main.

Le bateau aborda silencieusement. Il y avait un policier gras comme une taupe à l'avant. Un autre était dans la cabine de pilotage.

— Salut, les gars, nous dit le bouffi. Vous avez touché du gros, on dirait.

— Salut, répondit Joe. Ouais, plus gros que d'habitude.

Ils me firent l'impression d'une paire d'imbéciles maniérés qui prenaient des poses laconiques d'hommes d'action, sans se soucier des circonstances aberrantes : un requin incroyable qui remorquait deux hommes et un bateau, à reculons, vers leur destin funeste.

— Vous voulez un coup de main ? demanda le policier.

Joe fit semblant d'y réfléchir.

— C'est peut-être pas une mauvaise idée, dit-il. Lancez-nous une corde et tirez-nous dans le sens inverse. Ça devrait le ralentir.

— D'accord, mon pote, dit le gros policier.

Il se pencha, de plus en plus bas, ramassa un rouleau de corde et la lança à Joe qui l'attrapa d'une main experte et vive, avec naturel.

— Hé ! bêlai-je. Je peux monter avec vous ?

Le policier se détourna de la corde qu'il attachait à un étai, me dévisagea de haut en bas pensivement.

— C'est pas une bonne idée, mon pote. Plus vous avez de poids là-dedans, mieux c'est.

— Mais évidemment, renchérit Joe. T'en fais pas, mon pote. Calme-toi.

Il est inutile d'essayer de raisonner avec des hommes de cet acabit. Ils n'appartiennent pas à la même espèce que vous et moi. Je me tapis au fond de la coque et essayai de prier. Mais il semble parfois tout aussi inutile de s'adresser à un Dieu qui s'arrange pour me plonger dans de telles situations.

Joe arrima le bout de la corde à l'avant. Nous filions toujours dans l'eau à plus de dix nœuds. Je refusais de penser à la taille du requin qui pouvait tenir cet énorme baril bien en dessous de la surface. Mais j'avais du mal à y parvenir.

— OK, mon pote, cria Joe. Ralentissez et laissez doucement courir le mou, puis mettez la patate. Ça devrait ralentir ce salopard.

— OK, mon pote, répondit le policier grassouillet, avant de se tourner et de dire quelque chose à son collègue.

La vedette de police ralentit et la corde se tendit lentement. Puis le moteur du bateau se mit à rugir, la corde se mit à vibrer et à soupirer sous la tension et, petit à petit, notre course en marche arrière se ralentit.

La police accéléra à nouveau. Nous reculions de plus en plus lentement et nous finîmes par nous arrêter.

Le bateau de police au bout de la corde luttait de toutes ses forces. Il y avait un requin au bout du câble, qui luttait aussi de toutes ses forces. Il y avait le bateau de Joe et moi dedans, coincé entre les deux, momentanément tout à fait immobile dans l'eau. La corde et le câble émettaient des bruits étranges en soutenant l'abominable tension. La corde sifflotait dans les aigus, le câble bourdonnait dans les graves, la mer clapotait doucement et les mouettes criaient, sur fond de moteur de la vedette de police. C'était une espèce de symphonie de musique concrète.

Puis une autre note sinistre se fit entendre. Notre bateau se mit à mugir.

L'arrière du bateau se pliait, ce qui faisait hurler le métal. Le bateau était en train de se déformer.

— Sacré nom de Dieu ! beugla Joe.

Nous étions suspendus à la surface de l'eau, entre la puissance du bateau de police et celle du requin, luttant à forces parfaitement égales, tandis que le bateau dans lequel j'étais était en train de se couper en deux.

C'était loin de me plaire.

Puis la corde rompit.

Notre bateau fila à reculons, comme s'il avait été propulsé par une énorme catapulte. L'arrière s'enfonça, coula et l'avant se redressa. Joe et moi fûmes projetés dans la mer, directement au-dessus de ce requin terrifiant.

Je coulai. Puis me débattis pour remonter à la surface. Et je vis une énorme forme grise passer sous moi. C'était le bateau. Je hurlai tout de même et je hurlais encore quand ils me ramenèrent sur le pont du bateau de police. Joe y était déjà.

Il ne restait aucune trace de bateau, de baril ou de requin.

— Pas de bol, mon pote, remarqua le gros policier. On peut plus faire grand-chose maintenant.

— C'est pas grave, dit Joe. Le bateau était assuré. Pas de problème.

— Ça devait être une belle bête.

— Pas mal, répondit Joe nonchalamment.

Puis il me regarda d'un air tolérant et ajouta :

— Un peu mieux que tes histoires habituelles, pas vrai, mon pote ?

— Bof, lui répondis-je. Tout dépend de ton point de vue.

Comment ne pas payer ses impôts

La plupart des nantis entretiennent un rapport étrange avec leur argent et sont dans l'ensemble, à mon avis, un brin excentriques. Le riche Barney, par ailleurs amateur de furets, était encore plus étrange et excentrique que la moyenne.

C'est à cause du furet que je l'ai remarqué. On peut difficilement rater un homme sous la véranda d'un pub de Broome, à l'extrême nord-ouest de l'Australie, enguirlandé d'un furet. Je me faufilai dans le bar en gardant mes distances car je n'aime pas les furets. De mon siège, j'observai l'homme en m'interrogeant sur sa profession. Il avait la cinquantaine et ses longs cheveux blond-jaune avaient un aspect légèrement galeux. Il portait un grand pardessus blanc, un pantalon noir et le furet. Il aurait pu passer pour un chasseur de lapins, mais il y avait belle lurette que l'on ne chassait plus au furetage. Et s'il était tout simplement un amateur de furets ? Non, il appartenait probablement au nombre de fous furieux qui infestent les zones les plus reculées d'Australie.

Il entra dans le bar et, fatalement, comme mon aura personnelle est irrésistible aux excentriques, il se planta à côté de moi et commanda à boire. Je ne voyais plus de trace de furet.

Il demanda un triple Glenfiddich. Acheter une seule dose de Glenfiddich à Broome revient à jeter de l'argent par les fenêtres et l'Aga Khan paraîtrait parcimonieux en comparaison. Acheter des triples était tout simplement ridicule.

Sa méthode de paiement l'était tout autant. Il plongea la main dans une de ses poches, en extirpa le furet, le posa sur son épaule, puis replongea la main et sortit une poignée de pièces de vingt centimes. Il posa le tas sur le comptoir, en sortit une autre poignée, puis une autre, et ainsi de suite jusqu'à ce qu'elles forment une petite montagne. Le barman, qui trouvait évidemment ce manège tout à fait naturel, compta patiemment les pièces et décréta :

— Manque deux dollars, Barney.

Barney posa une nouvelle poignée de pièces sur le comptoir, le serveur compta scrupuleusement ses deux dollars et repoussa le reste en direction de son client.

Le scotch lui avait coûté vingt-quatre dollars.

Je me rendis compte à ce moment précis que j'allais être suffoqué par l'odeur du furet.

Barney était planté à mes côtés depuis trois ou quatre minutes et l'odeur, si forte et cosmique, reproduisait avec une telle perfection tout ce qui est mort ou en putréfaction en ce bas monde que je ne l'avais tout simplement pas remarquée. Elle était trop énorme, trop au-delà de l'expérience humaine pour que je la perçoive. Quand je la sentis, ce fut épouvantable.

Mais la politesse est une vertu terrible. Je n'avais qu'une envie : m'enfuir du bar, en me couvrant la bouche et le nez, et en poussant des beuglements de dégoût pour expulser ce gaz nocif de mes poumons. Mais on ne fait pas ce genre de choses à Broome. Je finis donc rapidement ma bière, comme si je venais de me souvenir d'un rendez-vous urgent, fis claquer le verre sur le comptoir et me levai.

— Tu bois un coup, mon pote ? me demanda Barney.

J'étais cuit.

— Une bière, s'il te plaît, annonçai-je d'une voix faible au barman, qui se paya dans la pile de pièces de vingt centimes.

Perché sur l'épaule de Barney, le furet m'examinait avec méfiance : c'était une sale petite bête aux traits anguleux avec une longue queue de fourrure jaune.

— Tu dois te demander pourquoi je me promène avec un furet ?

Les réponses adéquates à ce genre de questions n'existent pas. Je poussai donc le genre de grognement qui n'engage à rien.

— C'est la meilleure protection contre les pickpockets, m'expliqua Barney.

Il avait une voix aiguë et légèrement efféminée de petit garçon anxieux. S'échappant de ses lèvres gercées par le soleil elle produisait un effet incongru.

— Imagine un peu, poursuivit-il, ce qui arriverait à un homme qui mettrait les doigts dans ma poche.

J'avais du mal à me représenter quelqu'un d'aussi téméraire.

— Ils seraient rognés jusqu'à l'os, dit-il avec délectation. Jusqu'à l'os.

Le furet descendit sur le bar en passant par son bras et s'approcha de moi, avec des intentions bien pires que de me rogner les doigts jusqu'à l'os. J'eus un petit mouvement de recul. Barney siffla, le furet fit immédiatement demi-tour et remonta le long du bras. Un furet bien dressé.

Il y avait cinq ou six autres clients dans le bar et aucun d'entre eux n'accordait la moindre attention à Barney. C'était manifestement un habitué.

— Et qu'est-ce qui t'amène par ici ? me demanda Barney en me fixant de ses petits yeux verts.

Je fis alors une erreur que je commets rarement. Mais vous devez comprendre que je subissais une énorme pression. Je m'apprêtais à mourir à tout instant, gazé au furet, et j'étais terriblement conscient de l'approche de ma tournée, avec Barney qui buvait des whiskies à vingt-quatre dollars. Je n'en commis pas moins une erreur monumentale : j'admis être un écrivain qui se baladait à la recherche de bonnes histoires. Je prétends d'ordinaire être collectionneur d'insectes, programmateur informatique ou plongeur en eaux profondes :

tout sauf écrivain, car cette reconnaissance obtient toujours la même réaction.

— Ça alors, quelle coïncidence ! s'exclama Barney, réagissant comme tout un chacun. J'ai une histoire formidable qui a seulement besoin du petit coup de pouce d'un professionnel.

C'est toujours pareil.

Nous avions tous deux fini nos verres et je fis un geste au barman, décidé à payer le prix atrocement fort, puis à filer sans demander mon reste.

— Une bière pour moi, cette fois-ci, dit Barney.

Je commençais à le trouver sympathique. Il n'allait pas me coûter une fortune et il faut avouer qu'un homme passionné de furets et de pièces de vingt centimes est forcément intéressant.

— Pour tout dire, c'est l'histoire de ma vie, expliqua Barney. J'ai souvent voulu l'écrire mais je ne m'y suis jamais mis. Car, vois-tu, j'ai dans les deux millions de dollars cachés à environ une demi-heure de route d'ici. T'avoueras que c'est déjà intéressant ?

— Oui, répondis-je immédiatement et sincèrement.

D'après mon expérience, ce genre de déclaration est tellement rocambolesque qu'elle ne peut qu'être vraie. Quand on croise, à Broome, un type affublé d'un furet qui s'achète le scotch le plus cher du pub avec des pièces de vingt centimes, il est raisonnable de penser qu'il a quelques millions planqués dans la région.

J'aurais trouvé remarquable qu'il se confie à moi de la sorte si mon grand âge ne m'avait enseigné que les gens racontent tout (et n'importe quoi) aux reporters, aux journalistes de télévision et aux écrivains.

— Je vais t'expliquer comment c'est arrivé, me dit Barney en faisant signe au barman d'apporter deux autres verres.

Face à un triple Glenfiddich, je me résignai promptement à un sort qui ne s'annonçait plus aussi déplaisant.

Il lui fallut deux heures pour me raconter son histoire, mais, en un mot, disons que Barney avait amassé une énorme quantité d'argent en s'adonnant, sur une période de vingt ans, à une fraude fiscale systématique et acharnée.

Il était dans le secteur de l'amusement en salle, c'est-à-dire qu'il gérait ces étranges établissements où s'empilent des machines à sous proposant toute une diversité de jeux.

Barney avait fondé des salles de jeux sur toute la côte Est et son business avait superbement prospéré.

— Le seul problème, c'est que je n'étais pas sûr que ça allait prendre, sinon je n'aurais jamais commencé à frauder. J'en aurais pas eu l'utilité.

C'était à mon tour de commander une tournée, et Barney insista pour prendre une bière.

Quel gentleman-né…

— Tu vois, me dit-il en enlevant distraitement le furet de son épaule pour le glisser dans sa poche.

Personne ne peut savoir combien de pièces avale une machine à sous. Les salopards du fisc n'ont aucun moyen de le savoir. Ce que tu fais – enfin, ce que j'ai fait –, c'est que quand je relevais les bénéfices, j'en plaçais la moitié à la banque et l'autre dans la cave de la maison où j'habitais à l'époque, à Brisbane.

« Pas de problème, jusqu'au jour où le business a vraiment décollé, surtout quand tous les jeux vidéo sont arrivés sur le marché. Je me faisais une fortune, mais j'avais gardé ma vieille habitude : je plaçais la moitié à la banque et l'autre moitié dans la cave.

Barney coula un regard pensif dans son verre.

— Ça paraissait sans importance, à l'époque. J'avais plein de fric à la banque et, même après les prélèvements fiscaux, j'avais encore de quoi flamber. Je gardais mes pièces dans la cave pour les périodes de vaches maigres. C'est ce que tout le monde fait, mais ils sont pas tous fous au point de le faire avec des pièces de vingt centimes.

« L'idéal, ce serait des billets de cinquante. Quoique... ceux de cent seraient encore mieux. Mais bref, tout allait bien... jusqu'à ce que la cave soit pleine.

Barney s'interrompit et ses yeux verts s'embuèrent en repensant au passé.

— C'était une grande cave, mais avec toutes les pièces de vingt centimes, elle était pleine comme un œuf. Dieu sait combien j'en avais au total ! Je n'arrivais même pas à entrer dans la pièce et il m'aurait fallu des mois pour tout compter.

« C'est à ce moment-là que ma femme – j'étais marié, à l'époque, nous formions un couple heureux et il le serait sans doute encore aujourd'hui si j'avais pas eu tout ce fric – bref, ma femme commença à me harceler pour que j'arrête de frauder. “Déclare tes gains et paie normalement tes impôts, me disait-elle, à quoi ça sert d'avoir tout ce truc dans la cave ?”

Barney fit signe au barman.

— Deux triples, commanda-t-il en tirant de ses poches des poignées de pièces.

Avec une poignée, il sortit le furet par la queue et le repoussa impatiemment. Je commençai à me demander combien de pièces il avait sur lui.

— Ce que ma femme ne comprenait pas, reprit-il, c'est que je ne pouvais plus être honnête. Je trichais depuis six ou sept ans à l'époque. Déclarer soudain le vrai montant revenait à doubler mes revenus.

« Impossible de faire ça sans avoir une bonne justification. Les mecs du fisc me seraient immédiatement tombés sur le paletot. J'aurais été grillé. Je risquais des centaines de milliers de dollars en amendes et en redressements, sinon la prison.

« J'étais donc obligé de continuer. J'ai commencé à ranger les pièces dans la chambre d'amis, ce qui a mis ma femme de mauvais poil, mais elle l'a supporté.

« Le problème, c'est que, bientôt, la chambre d'amis a été pleine, elle aussi.

« J'étais coincé. Complètement dans l'impasse. J'ai donc commencé à remplir la salle à manger.

Barney marqua une pause et descendit son whisky d'un trait.

— C'est alors que ma femme m'a quitté. Franchement, je peux pas lui en vouloir.

« Une bière, cette fois-ci, dit-il alors que je m'apprêtais à payer ma tournée.

« Ben, pour tout dire, le fait que ma femme se barre me libérait de l'espace dans toute la maison pour continuer d'accumuler des pièces.

« J'ai fini par vivre dans la cuisine alors que le reste de la maison se transformait en une énorme salle des coffres. Dieu seul sait combien il y avait là-dedans ! Il aurait fallu qu'une armée compte pendant un an pour le savoir.

« Mais les affaires marchaient toujours du feu de Dieu. L'argent coulait à flots. Et j'étais obligé d'en déclarer seulement la moitié pour que le fisc ne soupçonne rien.

« Quand j'ai plus eu de place dans ma cuisine pour caser mon lit, j'ai verrouillé la maison et je suis allé en acheter une autre. Une grande.

« Évidemment, ça a été le même scénario. Deux ans plus tard, la nouvelle maison était pleine de pièces de vingt centimes et j'ai dû en acheter une autre.

Barney plongea un regard attristé dans sa bière.

— Tu peux pas savoir à quel point ça me pesait.

« Et c'est pas tout. Les pièces de vingt centimes continuaient de pleuvoir et je manquais de plus en plus d'espace.

« J'ai fini par posséder à Brisbane cinq grandes villas bourrées de pièces de monnaie.

« Et je pouvais rien en faire. Si je les déposais à la banque, le fisc me tombait dessus comme une tonne de briques.

Le visage de Barney était ravagé par l'atroce souvenir de cette époque.

— J'ai vendu ma compagnie – et je l'ai bien vendue, même si les chiffres officiels ne représentaient que la moitié des profits véritables. J'ai commencé à préparer le plan ingénieux qui m'a amené ici et qui a fait de moi un homme solitaire, sauf la compagnie d'un furet et de pièces de vingt centimes à dépenser.

Il avait du mal à retenir ses larmes à présent.

— Deux triples, lança-t-il au serveur.

J'étais sur le point de protester, mais pour connaître la suite, j'étais bien obligé de rester avec lui.

— Alors j'ai acheté un train routier, tu sais, ces énormes camions qui traînent cinq ou six remorques ?

J'acquiesçai.

— Et pendant trois mois, j'ai passé toutes mes nuits à transférer les pièces dans les remorques avec un petit Manitou. Bien sûr l'argent ne rentrait pas dans un seul convoi. J'ai dû faire vingt voyages avant d'avoir vidé toutes les maisons.

— Pourquoi as-tu choisi de venir à Broome ? lui demandai-je.

— Parce que j'avais trouvé l'endroit idéal pour cacher le fric. Sans compter que si l'on veut vivre en ne dépensant que des pièces de vingt centimes, on doit choisir un endroit où les gens ne posent pas de questions.

« Et c'est ce que j'aime à Broome, poursuivit-il avec sincérité. On me pose jamais de questions.

« Deux bières, ajouta-t-il pour le barman.

C'était encore ma tournée.

— Bref, j'ai réussi à transporter tout mon argent et je me suis installé pour passer le restant de mes jours à le dépenser. Quoiqu'il me faudrait trois vies pour tout dépenser. C'est pour ça que je ne bois que de l'excellent whisky. Pourquoi me priver ?

Quelque chose clochait dans son récit.

— Ouais, mais écoute, lui dis-je, tu dois avoir plein d'autre fric en plus de ça. Et tout ce que tu as touché pour la vente de ta compagnie et de tes maisons ?

— J'ai tout donné à ma femme. Près de deux millions en tout. J'étais bien obligé de lui donner, elle menaçait de me dénoncer au fisc sinon. Mais, bien sûr, elle m'a laissé en garder un peu pour m'installer ici.

Je dévisageai Barney d'un œil perplexe. Il me regardait avec la tristesse d'un homme piégé par sa propre folie. Le furet sortit la tête de sa poche, examina sérieusement les environs, et disparut à nouveau. Captivé par le récit de Barney, j'étais devenu indifférent à l'odeur infecte du furet.

— Bref, voilà toute l'histoire, me dit-il. T'en boiras bien un pour la route, mon pote ?

Il se tourna vers le barman :

— Deux triples !

Le barman servit les verres, Barney fouilla ses poches, sortit le furet et environ deux dollars.

— Et merde, dit-il, je suis encore en rade de pièces.

Je grimaçai. Deux triples de Glenfiddich me coûteraient quarante-huit dollars.

— C'est le problème de ce genre de vie, m'expliqua Barney. T'es obligé de te trimballer en permanence avec une tonne de ferraille sur toi. Et tu finis toujours par tomber en panne. Mais c'est pas grave, on va aller faire le plein.

Mes instincts de gentleman dépassent parfois mon sens inné de la parcimonie.

— Je t'en prie, lui dis-je. C'est pour moi.

— Pas question, mon pote, s'indigna Barney. Chacun doit payer sa tournée, à Broome.

Je trouvai son raisonnement plutôt irrationnel puisque sa tournée lui coûtait quarante-huit dollars, contre quatre dollars pour la mienne.

— Allez, viens avec moi, on va aller chercher du liquide. Dieu sait qu'il y en a encore de grandes quantités.

Continuer à boire de l'alcool était bien évidemment la dernière chose dont j'avais envie, mais comment résister à l'opportunité de voir le trésor de Barney ?

— Monte avec moi, me dit-il. On reviendra boire quelques verres et on ira se coucher.

Nous roulâmes une demi-heure sur la route principale en direction de l'est, puis nous empruntâmes une piste cabossée pendant environ cinq minutes.

Nous finîmes par nous arrêter près d'un gros bosquet de pandanus.

— Y a deux minutes de marche, me dit Barney.

L'après-midi touchait à sa fin et la lune tropicale rivalisait déjà avec le soleil couchant pour inonder le bush de lumière dorée et argentée.

Nous arrivâmes dans un grand lagon, sombre et couvert de nénuphars, avec ses rives sablonneuses piétinées de traces d'animaux en tous genres.

— Y a des crocodiles dans le coin ? demandai-je nerveusement.

— Et pas qu'un peu, répondit-il. L'étang en est plein.

Je reculai prudemment de quelques pas.

Barney s'approcha d'un bosquet et en retira une pelle à long manche. Il entra dans l'eau d'un pas assuré, jusqu'à ce qu'il en ait à hauteur de taille, il poussa la pelle dans l'eau, d'avant en arrière, ce qui lui demandait apparemment un effort considérable. Puis il la sortit de l'eau et revint vers la rive. La pelle était chargée de pièces de vingt centimes.

— Ça devrait faire l'affaire pour un moment, me dit Barney qui se mit à se fourrer des pièces plein ses poches.

Elles étaient trempées et le furet humide sortit la tête d'une poche en prenant un air indigné. Barney lui donna une petite claque sur l'oreille et il disparut à nouveau.

— Et tout est là ? demandai-je avec étonnement en mesurant la dimension du lagon.

— Ouais, dit Barney. Y a deux mètres d'épaisseur de ferraille dans le lit du lagon.

Nous revînmes au pub et bûmes quelques verres de plus. J'estimais à présent pouvoir décemment me contenter de bières et c'est ce que je fis, mais Barney continua à alterner et à s'offrir un triple whisky pour ses tournées.

— T'as pas peur des crocodiles dans le lagon ? lui demandai-je en le revoyant dans l'eau jusqu'à la taille.

— Pas vraiment, mon pote, me répondit-il d'un air morose. Je m'en fous pas mal, j'ai une telle vie de con…

Au moment de nous séparer, vers minuit, Barney me fit une proposition :

— Si tu penses à un moyen légal d'écouler ce fric, je t'en file la moitié.

— Merci Barney, lui dis-je.

Et au cours des douze mois suivants, je consacrai pas mal de temps à ruminer là-dessus. Je suis même allé jusqu'à consulter un comptable et un avocat. Qui m'ont tous deux conseillé « de bien me garder de m'impliquer dans cette affaire ».

Et je les ai écoutés, mais lorsque je suis retourné à Broome, je n'ai pas pu résister à la tentation de revoir Barney. Introuvable. Je me renseignai au pub où je l'avais rencontré. Personne ne l'avait vu depuis un an. J'allai jusqu'au lagon, en m'armant d'un fusil, car les crocodiles me rendent nerveux.

Il n'y était pas. J'ai trouvé sa pelle, à moitié sortie de l'eau. Un peu plus loin sur la rive, j'ai vu un petit squelette qui avait à peu près la taille d'un furet.

Je restais, les yeux fixés sur le grand lagon, et songeais aux petits nénuphars qui dissimulaient des millions de dollars.

Il devait bien y avoir un moyen de les utiliser sans avoir recours aux mêmes méthodes étranges que Barney ?

Si quelqu'un trouve un moyen, je suis prêt à révéler l'emplacement du lagon et à céder un pourcentage des gains.

Car, après tout, à qui appartient cet argent, véritablement ?

Attention : koalas explosifs

Parmi les nombreuses histoires relatant les dangers que présentent les marsupiaux australiens, la seule à devenir le sujet d'une thèse doctorale d'anthropologie – ce qui la rend donc digne de foi – relate comment un koala a tué dix hommes d'un seul coup.

Je me méfie des koalas depuis que l'un d'eux a essayé de me tuer en Tasmanie[1], mais je n'avais pas soupçonné leur potentiel de destruction avant d'entendre l'histoire de Bilianggarakoola, dans un lit de rivière desséchée à l'ouest du lac Eyre, en Australie-Méridionale.

Bilianggarakoola était un Aborigène aussi âgé que gras avec une barbe et des cheveux blancs bien fournis. C'était un Pitinji, et en sa qualité de plus ancien Pitinji vivant, il était le détenteur principal de leur histoire.

Je le rencontrai alors que j'avais perdu ma route entre Broken Hill et Coober Pedy. Je tombai sur son feu de camp juste avant la nuit. Il était confor-

1. Voir « Le koala tueur », *Le Koala tueur, op. cit.*

tablement installé dans une chaise longue en plastique et sirotait du sherry à la bonbonne. Parce que j'étais en pays pitinji et que je connaissais quelques mots de pitinji, j'essayai de lui parler dans ce que je pensais être sa langue maternelle.

— Où diable me suis-je paumé ? demandai-je en substance.

— Tu parles un très mauvais pitinji, me dit-il gentiment dans un anglais tout à fait compréhensible, quoique légèrement guttural. Où veux-tu aller ?

— À Coober Pedy.

— Mets le cap sur l'ouest jusqu'à la route, puis prend au nord, me dit Bilianggarakoola. Tu veux boire un coup ?

Ce qui résolut pendant une heure la question de savoir où j'allais. Je m'assis avec Bilianggarakoola (« Appelle-moi Bill », dit-il gentiment après m'avoir entendu écorcher son nom à plusieurs reprises) et il m'apprit qu'il s'était éloigné de son camp quelques jours plus tôt, avec sa chaise longue et son sherry, pour réfléchir.

Nous avions évoqué en détail le nombre de femmes qu'il avait épousées et d'enfants qu'il avait engendrés (le petit dernier n'avait que quelques mois), quand un anthropologue est arrivé.

Il n'y a rien d'étonnant à croiser un anthropologue dans les coins reculés et arides du désert australien. Ils sont partout. On estime que, dans l'outback, il y a plus d'anthropologues étudiant les Aborigènes que d'Aborigènes.

Celui-là était un grand homme fin avec des cheveux gris et fins, un long nez fin, des mains nerveuses et fines et une voix fluette. Un universitaire.

Il arriva au volant d'un 4 × 4 Mitsubishi tout propre, véhicule de prédilection des universitaires dans le bush, et il parut très surpris de me trouver là.

— Oh, dit-il, je pensais que nous serions seuls, Biliankalaboobala.

Bill ne releva pas la prononciation grotesque de son nom, et n'eut pas la courtoisie de suggérer l'alternative de Bill.

L'universitaire m'observait nerveusement, mais Bill ne prit pas la peine de nous présenter. Là-bas on s'imagine toujours que tout le monde connaît tout le monde.

Mais je sais lire entre les lignes et, en tant qu'homme qui cherche la paix à tout prix, je me présentai et déclinai mes médiocres qualifications sociales en annonçant que j'étais un romancier en quête d'inspiration.

L'universitaire, immédiatement détendu en présence d'un inférieur social, me gratifia de son nom – Dan Johnston – et m'expliqua qu'il avait pris rendez-vous avec Billankabandoon (il se plantait à chaque fois) à cette heure et à cet endroit, car il effectuait des recherches sur l'histoire orale des Pitinji pour son doctorat.

Puis, espérant que j'aurais la décence de disparaître, il s'installa à côté de Bill et tira un carnet de sa poche.

— Bon, dit-il, je crois qu'on était sur le point d'aborder la bataille de Bijin Creek.

— Ah ouais, répondit Bill, on s'était entendu sur cinquante dollars, je crois ?

— Oui, oui, naturellement, dit l'universitaire en sortant un portefeuille de sa poche arrière, où il choisit prudemment un billet de cinquante dollars qu'il tendit à Bill.

Il prit soin que sa main ne touche pas celle de Bill, ce qui était raisonnable, car ce dernier avait les mains crasseuses, mais ce qui n'était pas très convenable.

Bill enfonça le billet dans la poche de son short bouffant – il ne portait rien d'autre – et gratta pensivement les poils blancs et fournis qui lui couvraient la poitrine et le ventre.

— Bois un coup, offrit-il à Johnston en lui tendant la bonbonne.

L'invité regarda la bouteille en affichant une grimace cocasse.

Il connaissait suffisamment l'outback pour savoir qu'il était socialement inacceptable de refuser à boire, mais la pensée de boire à même cette bonbonne heurtait trop profondément sa sensibilité.

— Non merci, finit-il par dire, il faut que je puisse me concentrer, tu comprends. Peut-être quand on aura fini.

Bill esquissa un léger sourire sardonique et me fit silencieusement passer la bonbonne. Je n'étais pas particulièrement enchanté de boire à la bouteille non plus, et j'ai horreur du sherry, mais il est impossible de refuser un coup à boire si l'on veut préserver un minimum de standing. Sans parler qu'on ne refuse jamais l'offre d'un Pitinji si l'on tient à sa peau. Je bus une goulée, infecte, et lui rendis la bonbonne.

Bill se mit à l'aise, et d'une moue discrète de ses lèvres épaisses me dit, sans l'ombre d'un doute, dans la gestuelle pitinji : « Regarde un peu ce que je vais faire à ce petit malin. »

Ses lourdes paupières closes, il semblait avoir sombré dans un demi-sommeil. Il avait un bras replié sur le torse, l'autre pendait à côté de la chaise longue, la main posée sur la bonbonne. Quand il se mit à parler, il avait le ton monotone que l'on attend des gens en transe. Johnston prenait quelques notes rapides à ce sujet, mais j'étais perplexe, car, habituellement, quand les Aborigènes me racontaient des histoires, ils les accompagnaient d'une gestuelle animée.

— La bataille de Bijin Creek, psalmodia Bill, fut remportée par un *kulua*. C'est une méthode dont nous étions fiers dans le temps, mais qui est interdite à présent car elle est trop atroce.

Johnston toussota.

— Excuse-moi. En quoi consiste un *kulua* ?

Bill fit comme s'il ne l'avait pas entendu.

— Les Pitinji étaient les ennemis des Wongina depuis…

— Excuse-moi, insista Johnston. Je ne sais pas ce qu'est un *kulua*.

— De nombreuses années, poursuivit Bill. Et on se faisait toujours battre.

— *Kulua* est le terme pitinji pour koala, murmurai-je à Johnston, qui m'adressa un regard méfiant, mais prit note.

Les yeux de Bill étaient presque clos maintenant et sa voix fredonnait dans les profondeurs.

— Cette histoire n'appartient pas au temps du rêve. J'ai été témoin de cette histoire. J'étais présent à la bataille de Bijin Creek, même si elle a eu lieu il y a près de cent ans. Les Wongina avaient volé une de nos femmes et nous nous apprêtions à les combattre. Nous nous servions de lances, de boomerangs et de massues, mais ils nous battaient à chaque fois car ils étaient plus grands et plus méchants que nous.

« Ça ne s'est pas passé ici. C'était au sud, près de la côte, en terre pitinji, avant qu'on ne soit chassés dans ce satané désert de merde par l'homme blanc.

« Les vieilles terres pitinji avaient beaucoup de gibier et nous vivions bien, mais nous n'étions pas très grands. On dit que nous sommes des enfants venus de ce qu'on appelle maintenant la Tasmanie, parce qu'ils sont petits, eux aussi. Ou plutôt, ils étaient petits avant d'être exterminés par l'homme blanc.

Le stylo de Johnston fumait presque sur son carnet. Il enregistrait chaque mot, n'en perdait pas une miette. J'étais quant à moi un peu intrigué. Tous les Pitinji que je connaissais étaient de grande taille et Bill était gigantesque. Comment la vie dans le désert avait-elle pu contribuer à une augmentation de la taille du corps tribal en l'espace de quelques générations ?

— Nous, Pitinji, nous découragions, car nous finissions tous les combats avec des fractures à la tête, de nombreuses blessures et parfois même des morts, tandis que les Wongina semblaient toujours s'en tirer à peu de frais. Puis notre meilleur guerrier est tombé et ne s'est pas réveillé de trois jours.

« C'était malencontreux, parce que la guerre devait continuer jusqu'à ce qu'on remporte une bataille. Une de nos femmes avait été volée et il fallait punir les Wongina. On a donc continué avec les batailles de la nouvelle lune, mais les Wongina refusaient de coopérer et s'entêtaient à nous battre. On aurait dit qu'ils prenaient plaisir à nous battre et qu'ils n'avaient aucune intention d'arrêter.

« Mon peuple a fini par déprimer. On n'avait pas envie de se battre, mais on était obligés de punir les Wongina qui refusaient de se laisser faire. En tuer un ou deux aurait suffi, mais ils refusaient de nous aider.

« C'est alors que mon grand-père, qui bien sûr était chef des Pitinji, a tenu conseil et nous a dit qu'il était temps d'en finir. Il connaissait une arme secrète capable de détruire les Wongina. Il l'utiliserait avec réticence, mais les Wongina avaient fait preuve de tant d'antipathie, de mauvaise volonté et de désobligeance qu'il était impossible de les vaincre en suivant les méthodes de guerre conventionnelles. Il était donc temps, d'après mon grand-père, d'adopter des moyens extrêmes pour rétablir l'équilibre, c'est-à-dire pour tuer quelques Wongina.

« "Toi, me dit mon grand-père en me montrant du doigt (j'étais alors un jeune homme et un bon guerrier), va me chercher un *kulua*."

L'un des yeux de Bill s'entrouvrit brièvement et chercha Johnston :

— Un koala, si tu préfères, dit-il en renfermant l'œil.

Johnston me fit un petit signe de la tête, reconnaissant avec magnanimité que j'avais eu raison.

— Et donc, poursuivit Bill, je suis allé chercher un koala.

« Il y en avait plein à l'époque dans cette région, et il n'était pas difficile de les attraper. J'en ai tué un en l'assommant et je l'ai ramené au camp.

« Mon grand-père était furieux : "Mais non, espèce d'abruti, m'a-t-il dit. Je veux un *kulua vivant*."

Bill prit le temps de se remémorer la colère de son grand-père.

— C'était très bizarre. Normalement, quand on voulait manger un koala, on allait en chercher un, on l'assommait puis on le jetait au feu. Mais mon grand-père avait forcément raison, comme toujours avec les chefs pitinji, et je suis retourné dans la forêt chercher un koala vivant.

« C'est moins facile qu'on le croit, parce qu'un koala est un animal dangereux, qui mord, griffe et n'apprécie pas du tout qu'on le déloge de sa branche et qu'on le déplace.

« Mais j'y suis parvenu et quand je suis revenu au camp, complètement écorché, j'avais un koala vivant dans les bras.

« "Très bien, me dit mon grand-père, enveloppe-le dans des fourrures et fais le taire jusqu'à ce qu'on en ait besoin."

L'anthropologue désapprouvait visiblement ce mauvais traitement des koalas et Bill en était tout à fait conscient.

— Il faut se rappeler qu'il y avait beaucoup de koalas à l'époque, un peu comme les lapins aujourd'hui. Ils n'étaient pas mauvais une fois que l'essence d'eucalyptus avait séché.

« Et c'est naturellement ce sur quoi misait mon grand-père : l'abondance d'essence d'eucalyptus contenue dans un koala.

L'anthropologue gribouillait furieusement, mais il avait l'air un peu perplexe.

— Tu n'es pas sans savoir, poursuivit Bill, que le koala passe tout son temps à mâcher un certain type de feuille d'eucalyptus qui a une haute teneur en essence.

— Je le sais, répondit l'universitaire.

— Et tu sais aussi, dit Bill en admirant ses énormes orteils noueux et laids, que l'essence d'eucalyptus alimente les feux de brousse, et que quand les incendies prennent, l'essence s'échappe des arbres qui la vaporisent, en propageant les flammes.

— Oui, dit l'anthropologue, mais je ne vois pas le rapport avec…

Bill leva la main.

— J'y viens, j'y viens. Tu veux boire un coup maintenant ?

Il lui tendit la bonbonne. Johnston refusa impatiemment d'un signe de tête. Bill l'examina sous ses paupières mi-closes et m'offrit la bouteille. Je bus la goulée de principe.

— Continue, le pria Johnston, je ne comprends toujours pas pourquoi…

— Tu comprendras bientôt. Tu as saisi le principe : l'essence d'eucalyptus est aussi inflammable que de l'essence ordinaire.

— Oui.

— Alors réfléchis à la composition d'un koala. Ses intestins sont toujours bourrés d'eucalyptus. Ses gaz sont du gaz d'eucalyptus à l'état pur. Il faut toujours éviter les koalas dans un feu de brousse.

— Pourquoi ? demanda Johnston.

— Mais pour l'amour du ciel ! s'exclama Bill, tout le monde sait pourquoi. Le koala explose comme une bombe quand son haleine entre en contact avec une étincelle. Dans le temps, j'en ai vu dans les forêts du Sud exploser l'un après l'autre pendant les feux de forêt. Des explosions incroyables… des bouts de koala en flammes partent dans tous les sens et le feu se propage si rapidement qu'il rattrape un homme au pas de course.

Bill but une lampée de sherry.

— Par ma foi, dit-il pensivement, c'est horrible à voir, une explosion de koala.

Johnston notait à toute vitesse.

— C'est la première fois que j'entends parler de ça, observa-t-il.

— T'as déjà vu un koala dans un feu de brousse ? s'enquit Bill.

— Non, pour tout dire : non.

— Dans ce cas..., dit Bill avec une mimique.

Puis il se tourna vers moi et me regarda droit dans les yeux :

— Et toi ?

— Moi oui, m'empressai-je de répondre. À deux occasions, même. Ils explosent comme de grosses bombes.

Johnston me dévisagea.

— Vraiment ?

— Bien sûr, lui assurai-je. On le voit plus beaucoup de nos jours parce que les koalas sont rares, mais j'ai entendu plein de vieux broussards qui le racontent.

En plus, c'était vrai.

— Remarquable, dit Johnston. Ce qui veut dire que si l'on mettait une allumette devant les narines d'un koala, il exploserait ?

— Ça, je l'ai jamais vu, répondis-je honnêtement. En tout cas, je m'y amuserais pas. Qu'en penses-tu, Bill ?

— Seul l'homme qui en a assez de la vie ferait une chose pareille, décréta Bill avec sérieux.

Johnston feuilletait ses notes, l'air perplexe.

— Mais attends un peu, remarqua-t-il. Tu m'as dit tout à l'heure que vous faisiez cuire les koalas en les jetant dans le feu. N'explosent-ils pas quand vous faites ça ?

Bill leva les yeux au sombre ciel de fin de journée.

— Bien sûr que non, dit-il d'une voix sourde. Ils ne respirent plus, il n'y a donc pas de gaz qui s'échappe de leur gueule. Ce qui se passe, c'est que l'essence dans leurs intestins se réchauffe très rapidement, et ils cuisent donc de l'intérieur, comme de l'extérieur. C'est pour ça que les koalas cuisent très vite.

— Mais je croyais qu'il fallait attendre que l'essence soit sèche ? demanda un Johnston ahuri.

— On fait ça après la cuisson, répondit patiemment Bill. Faut les faire sécher au soleil un ou deux jours. Le koala se mange toujours froid, jamais juste après la cuisson.

— Je vois, fit doucement Johnston en continuant de prendre des notes. Je vois, oui, c'est logique.

— C'est logique, répéta Bill avec assurance. Maintenant, veux-tu savoir comment mon grand-père a gagné la bataille de Bijin Creek à l'aide d'un *kulua* ?

— Oui, oui, je t'en prie, répondit Johnston avidement.

— Bien. Mon grand-père envoya un message aux Wongina leur proposant une bataille sur la crête au-dessus de Bijin Creek la nuit du lendemain, qui était une nuit de pleine lune. Il proposa que les deux clans ennemis se rassemblent autour de leurs feux sur la crête, se rencontrent au milieu et en finissent une fois pour toutes. Les Wongina ont accepté sans hésiter : ils étaient sûrs d'eux et ne nous prenaient pas au sérieux.

« Nous étions quarante guerriers et nous nous sommes rassemblés au bord du précipice, sur le côté ouest de la crête de Bijin, qui surplombe le ruisseau de très haut. Les Wongina nous craignaient si peu qu'ils n'ont envoyé que dix hommes autour de leur feu, du côté est du ruisseau.

« Maintenant, as-tu compris quel était le plan de mon grand-père ?

— Pas exactement, admit Johnston.

— Je vois, soupira Bill en levant encore les yeux au ciel devant tant de stupidité. Il cherchait à rapprocher le koala des feux des Wongina pour qu'il explose et crée la confusion générale.

— Mais enfin, souleva Johnston, les Wongina devaient savoir que les koalas explosent quand ils sont en contact avec le feu, et donc ils ont bien dû l'empêcher de s'approcher ?

— Tout à fait, dit Bill en croisant les bras sur son ventre velu avec une certaine complaisance. Et c'est justement là que mon grand-père a fait preuve d'un sens aigu de stratégie guerrière.

Johnston était raidi par l'effort de noter chaque précieuse parole prononcée par Bill.

— Bon, je vais tout t'expliquer. Tu sais que, selon notre coutume, nous échangeons toujours des cadeaux avant une bataille, pour montrer que nous n'en voudrons pas aux vainqueurs ?

— Oui, je suis au courant.

— Ce n'était pas toujours très sincère, certes, mais nous le faisions. C'était la coutume.

— Naturellement.

— Donc, quand on s'est rencontrés entre les deux feux, les Wongina nous ont offert un émeu mort. Et nous un koala vivant.

Le souvenir le fit joyeusement sourire.

— Le cadeau les a surpris, car il était très inhabituel. J'étais moi-même chargé de le porter et j'étais tailladé de la tête aux pieds et couvert de sang, parce que le koala, un gros, était évidemment furieux d'être traité de cette manière.

« Le Wongina à qui je l'ai donné ne voulait pas le tenir vivant et il a cherché à l'assommer. Mais, suivant les conseils de mon grand-père, je lui ai dit : “Alors comme ça, un Wongina a peur de porter un koala vivant ?” Et, bien sûr, cet abruti s'est senti obligé de le prendre dans ses bras pour le ramener à son camp. Il s'est fait griffer et mordre jusqu'à ce qu'il soit aussi amoché que moi.

Johnston arrêta ses griffonnages.

— Mais il ne l'a pas amené près du feu.

Bill sourit.

— Pas très près du feu. Pas assez près pour qu'il explose dans des circonstances normales. Mais mon grand-père était sacrément rusé.

« Il avait nourri le koala de racines de *mulga* broyées dont on se sert quand on a des problèmes de digestion et qu'on a besoin de roter.

— Tu veux dire…, demanda Johnston, le stylo en l'air.

— Je veux dire que le koala rotait violemment et que ces rots propulsaient l'essence bien plus loin qu'en temps normal.

« Le Wongina est reparti dans son camp avec ce koala fou qui se débattait, griffait, mordait et rotait dans ses bras. Il n'a jamais remarqué la force des rots, ce qui n'est pas surprenant. Les autres guerriers Wongina l'entouraient, comme c'est leur coutume de le faire. Ils devaient aller déposer l'offrande avant de revenir se battre.

« Nous sommes repartis dans notre propre camp avec l'émeu mort et nous les avons observés.

« À une dizaine de mètres de leur propre feu de camp, les Wongina se sont prudemment arrêtés. Mais à ce moment-là, le koala a été pris d'un renvoi phénoménal et là, attention :

« Un rideau de feu a quitté le foyer en suivant la ligne d'éructation et le koala a explosé comme une boule de feu.

« C'était un spectacle atroce, sous la pleine lune, devant le feu de camp.

« Le koala s'est transformé en une énorme boule jaune qui projetait des flammes : il a soufflé les dix guerriers Wongina d'un seul coup.

« On a senti la chaleur et le choc sur nos visages, alors qu'on était à une centaine de mètres.

« Quand la fumée et les flammes se sont apaisées, on ne voyait plus un seul Wongina. Ils avaient tous été projetés dans le précipice et leurs cadavres reposaient dans le lit du ruisseau de Bijin Creek. Aucun n'avait survécu à l'explosion ou à la chute.

Bill marqua une pause et regarda tristement ses orteils.

— C'était une grande victoire, dit-il, mais une victoire abominable. Nous ne voulions pas en tuer tant.

Il prit une goulée de sherry et, perdu dans ses pensées, oublia de m'en offrir.

— Nous n'avons jamais recommencé, même si nous nous sommes battus à de nombreuses autres occasions depuis, nous n'avons jamais réutilisé le *kulua*. Cette arme était trop redoutable.

Johnston n'écrivait plus et regardait Bill d'un air ébloui.

— Je ne sais pas comment t'exprimer ma reconnaissance, dit-il. Ces renseignements sont uniques. Voilà qui va infiniment faciliter l'obtention de mon doctorat. Comment te remercier ?

— Vingt-cinq dollars de plus feraient l'affaire, décréta Bill.

Johnston hésita, puis lui tendit les billets de bonne grâce.

Je les quittai peu après, roulai quelque deux cents kilomètres vers l'ouest dans le désert, retrouvai la route, et partis au nord vers Coober Pedy.

Deux ou trois ans plus tard, je croisai Johnston dans la cour carrée de l'université de Sydney. Il avait rédigé sa thèse et obtenu son doctorat.

— C'était formidable de pouvoir noter pour la postérité les renseignements que Bilinkalabooba m'a donnés dans le désert cette fois-là, me dit-il d'un air attendri. J'éprouve une énorme satisfaction de savoir que l'Histoire n'aurait jamais rien su de la bataille de Bijin Creek sans ma thèse.

Je n'eus pas le cœur de lui dire qu'il avait encore écorché le nom de Bill.

Table

Kenneth Cook dans Le Livre de Poche

Cinq matins de trop n° 31785

Cinq matins de trop ou le cauchemar éveillé d'un homme ordinaire, instituteur dans l'outback, au cœur de l'Australie, qui devient peu à peu accro à l'alcool, au jeu, au sexe, à la violence, jusqu'à l'autodestruction.

Le Koala tueur et autres histoires du bush n° 32068

Avec ses redoutables crocodiles, ses koalas féroces et ses cochons sauvages assoiffés de sang, le bush australien reste un territoire indompté. Kenneth Cook a réuni, peu avant sa disparition, ces histoires courtes toutes plus hilarantes les unes que les autres, inspirées par ses tribulations à travers l'Australie

Du même auteur
aux éditions Autrement :

Cinq matins de trop, 2006.

Par-dessus bord, 2007.

À coups redoublés, 2008.

Le Koala tueur, 2009.

Le Vin de la colère divine, 2011.

L'Ivresse du kangourou, 2012

Composition réalisée par DATAGRAFIX

Achevé d'imprimer en décembre 2011 en France par
CPI BRODARD ET TAUPIN
La Flèche (Sarthe)
N° d'impression : 66075
Dépôt légal 1re publication : janvier 2012
LIBRAIRIE GÉNÉRALE FRANÇAISE
31, rue de Fleurus – 75278 Paris Cedex 06

31/6179/1